マルコ
ラウリ
アクセリ・アーネル
エルヴィ

火刑戦旗を掲げよ!
主な登場人物
ベルトラン
ヤルッコ
オイヴァ・オタラ
ダニエル・ハッキネン

「さあ、炎よ、立ち上るのだ！
これは浄化である！
炎の断罪である！」

火刑戦旗を掲げよ！ 1

かすがまる
Kasugamaru

CONTENTS

◆第零話　聖なる炎の祝祭の日

一人の男が燃やされていた。

うず高く積み上げられた薪《まき》の中央に丸太が立ち、鉄鎖《てっさ》でもってそれに固定された人間を、油を含んだ猛火《もうか》が嬲《なぶ》りに嬲っているのだ。

火炙《ひあぶ》りだ。火刑《かけい》だ。

炎が轟々《ごうごう》と音を立て、熱を吹く。肉を焼く。命を奪う。

観衆は沸きに沸いていた。老いも若きも、男も女も、富める者も貧しき者も、誰もが目と口とを大きく開いて吠えていた。興奮の坩堝《るつぼ》だ。

正気の消し飛んだ光景の中にあって、たった三人の男女だけが、その顔を周囲とは違う感情色に染めていた。

「さあ、炎よ、立ち上るのだ！　これは浄化である！　炎の断罪である！」

その内の一人。豪奢《ごうしゃ》な司祭服を着た太った中年男が、これも豪華なお立ち台に直立して、衆人環視《しゅうじんかんし》の中に朗々と濁声《だくせい》を響き渡らせていた。

「畏《おそ》れ多くも聖定の勇者を謀《たばか》りて殺めた男である！　それは悪魔の所業であり、この男が魔人であることの何よりの証！　我らの悲しみは神の悲しみ！　我らの怒りは神の怒り！　これは裁きである!!」

身振り手振りの激しさに、汗と唾とが飛び散った。

しかし口から止めどなく吐き出される言葉。それはこの火炎の巷に注がれる油だ。

煽《あお》りに煽られ、人々の咆哮《ほうこう》には絶叫すら混じり始めている。狂える宴だ。

悪魔が実在するとして、それを讃《たた》える集会があるのならば正にコレであろう。

真っ青な顔で見下ろしている少女がいる。先の三人の内の一人だ。

広場に面した建物の、観覧するのに最も適した二階の窓辺という特等席で、瞬《まばた》きすることもできずに細かに震えている。

その身を包むのは清楚にして最高級の衣装だ。身に付けた装飾品もまた同じである。

周りを固めるのは護衛の騎士か。

「神よ、ご照覧あれ！　そして祝福あるべし！　この男の企《たくら》みを暴き、我らに魔人討伐の栄誉を与えてくれた王女に！　賢明なる王女に！　愛する勇者を失ってなお毅然たる彼女に祝福を!!」

唸《うな》りを上げるような熱気が窓の方にも向けられて、少女は小さく跳ねた。凄まじい怖気《おぞけ》に襲われたのだ。

まん丸に広げられた眼は白々としていて、きつく結ばれた唇は紫がかっている。

「……こ、こんなもの……私のせいじゃ……」

声もなく呟《つぶや》かれる言葉。それは大なる熱量の前に晒《さら》された水滴にすら及ばない。

「わ、私のせいじゃ……ない……こんな……」

誰に聞かれることもなく、どこかへ届くこともなし。

絶え絶えな息を舌の上で辛うじて編み上げたようなそれは、ぽとりと、知らず後ずさりした少女の足元へと落ちた。

「こんな……気持ちの悪いもの……」

最後の一人にその言葉が届いていたなら、その一人は憤死《ふんし》していたかもしれない。

人一人を丸焼きにする火の山を、兵士たちに組み伏せられ、石畳に頬《ほお》を押し付けられながら見上げる女性がいる。

村娘のような服装だが、盛り上がった筋骨は素人のものではない。

近くに落ちている剣も使いこまれたものだ。

見開いた双眸《そうぼう》は紅色。それが目立たないほどに白目は血走り、食いしばった奥歯がギシリギシリときしんでいる。

鬼のような形相を作る顔は生来の浅黒さを持っている。銀の髪が火の色を反射する。少数民族の出自のようだ。

彼女はこの場でただ一人、炎の中に殺される男を救おうとしたのだ。

その結果がこの有り様だった。身じろぐこともできず、ただただ見据えることしかできない。

踊り出さんばかりの観衆の、興奮した足音を震動として受け止めつつ、地獄のような光景を己が魂に焼き付けて。

そら……灼熱の橙色《だいだいいろ》の中心で、黒い柱のように見えるものが遂に崩れ去った。

どっと歓声が上がる。

踏み鳴らされる靴音。

振り乱される手足。

骸《むくろ》の無惨も楽しむその喧騒。

銀髪紅眼の女は顔から表情を捨てた。歯噛みも緩む。さりとて一言も発しない。

「おお！　裁きは下された！　我らの炎により、魔人は今まさに滅びたのだ!!」

この場を管弦楽団に模すならば、その司祭服の男は指揮者か。熱狂をその手と口で操っている。

「今日この日こそが栄光の記念日となるだろう！　神の子らよ、歌うがいい！　そして祝おうではないか！　この日この時に至るまでの苦難は既に過去のものである！　さあ、共に杯を交わそう！　勝利の美酒を味わおう！　我らは魔を払ったのだ!!」

白い長衣姿の者たちが人々に酒杯を配ってまわる。あらかじめ幾つもの酒樽を持ち込んでいたようだ。

まるで祭である。

いや、実際にこれは祭なのだ。

火勢が静まった後の空白を陽気な管弦楽が埋める。

歌が歌われる。

踊りが踊られる。

心身に宿った熱量を持て余して……夜を通して。

一人の男の死を。

死の前後を盛大なる宴として。

都市全体が一個の篝火《かがりび》のように夜空へ凱歌《がいか》を上げている。


そんな全てを他人事にして、幾つかの黒い線が都市から外へと伸びている。

用水路や下水路だ。それらはどれも一筋の大きな流れに合流している。

流れは緩やかだ。周囲に滋養を振りまき、一方で周囲からの滋養を集めもして、やがて大海へと届くのだろう。

星空の暗さのみを映すその水面の下で……夜影よりもなお暗い……闇色の小魚が咀嚼《そしゃく》を繰り返していた。あちらに、そちらに、無数のそれらが泳ぎつつ食事をする。

食べられているのは大小に散った炭色の何かだ。都市の中でゴミのように捨てられたそれは、元は一人の男の形をしていた。

塊には群がって啄《ついば》み、水流に散じた欠片は各個に頰張って、小魚たちは死骸の炭を余さず喰い尽くしていった。

それはいっそ丁重ですらある。

大事に大事に体内へ納めきって……夜も明けぬ間に歩き始めた。

歩くのだ。一匹、また一匹と水中より姿を現したそれらには足が生えていた。

魚の身体に不格好な二本足でひょこひょこと岸に上がり、草をかき分けていく。

その速度は河を離れれば離れるほどに速まる。

初め不出来な半魚人のようであった姿は、次第に形を変え、鼠《ねずみ》にも似た闇色の疾走者として駆けている。

月光を背に野を越え丘を越えていく様は、まるで地を掃く一陣の風のようだ。

炭を孕んだ闇色の無数は、やがて森の中へと突入していく。

蠢《うごめ》く生物たちの気配を気にもとめずに、一目散に駆け至ったそこは、妖しくも恐るべき岩窟だ。

駆け込む。奥には灯火の揺らめきがある。

走る。一切の音を立てずに一所へ押し寄せて……闇の小片たちは竈《かまど》の上の壺へと跳び込んでいったのである。

掠《かす》れた声で、歌が紡がれはじめた。

「魂《たま》燃《も》えて幾歳《いくとせ》……魂消《たまぎ》えて逝くとて……」

影が形をとって千切れとれたように、頭巾を目深にかぶった小柄な人物が現れた。

竈へ屈《かが》むなり、緑色の不可思議な火が起こって壺を舐めはじめた。

「血《ち》は知《ち》……朱《しゅ》は呪《しゅ》……恩《おん》と怨《おん》……縁《えん》と厭《えん》……」

火の色は緑から青へ、青から紫へ、紫から黄へと目くるめく変化していく。

壺の内の闇は煮られていく。しかしそれは熱くない。

尋常の火でもなければ、尋常の材料でもないのだ。

魔法だ、これは。

やがて歌も枯れ、多色の火も費《つい》え、壺もひび割れて。

ドロリとした液体がこの世に生じ終えた。小瓶に封じられたソレ。

ソレが尋常の世に出ることをもって、この物語は幕を開けるのである。

◆第一話　いいから新聞を読ませなさい

「坊ちゃんはつくづく、変な子だなぁ」

髭を生やしたその行商人は、呆れたものか驚いたものか定かでない溜息をついた。

「辺境周りじゃ、どこでも童は玩具に首ったけなのに」

彼は都市部の便利な生活用品や薬を地方へ売り歩く傍《かたわ》ら、木製の人形や独楽《こま》なども運んでいる。嵩張《かさば》らず軽いので、売れればそれなりの儲けになるのだ。押し並べて貧困な村々にあっては易々と売れることもないが、どこにも一軒や二軒くらいは小金を持った家がある。

目の前で玩具に見向きもしない少年も、そんな小金持ちの家の一人だ。
五、六歳くらいだろうか。黒髪碧眼《へきがん》の愛らしい顔立ちで、小綺麗な服は村の自製品ではない。さもあらん、聞けば彼はここの村長の息子だという。
北に天境山脈の山並みを大きく仰ぎ見るこの村の名は、キコ村。大陸東部を支配するアスリア王国の、北東辺境に位置する村落である。

戸数は七十戸ほどか。封土としてはヘルレヴィ伯爵領の末端ということになる。メコン麦とシエラ麦……いわゆる貴麦と雑麦の畑作を生業とする点はありふれているが、休耕地で飼育する家畜の他に小規模ながら牧場を運営していることが小金の元だろうかと、行商人は当たりをつけている。

この地方の馬は軍馬としての需要が高い。

「そうそう、これなんて人気商品なんだよ。ほら、組み合わせると三匹の馬が並んで……」

続けようとした説明は、小さな溜息を聞かされることで消え入った。接客で磨きぬかれた感覚が、少年の退屈と呆れを認識させたからだ。どちらも商売にはご法度である。

「その、まあ……坊ちゃんの言う物もあるにはあるんだけど」

どうにも勝手が違うと戸惑いながらも、荷物の中から一巻《ひとまき》の羊皮紙を取り出した。落葉色の筒状を赤紐で結び、固定してある。王都で発行された新聞だ。最近の主要な出来事を網羅《もうら》した地方向けの内容で、行商人にとっては常連客へ運ぶだけで利益を生む手堅い一品である。

「買い取れないことはわかっています。この場で読ませてもらえれば、それで構いません」

「いや、ほら、封をしてあるよね？　これは発行元独特の結び方で……」

フッと鋭い音がして、行商人は少年に鼻で笑われたことを知った。天使のような顔に浮かんだ皮肉げな笑みもまた衝撃的である。呆然と見つめるよりなかった。

「初めてのお使いでもあるまいし……結び直しくらいお手のものでしょう？」

少年は返事も待たずに羊皮紙を取り、躊躇《ちゅうちょ》もなしに紐を解いてしまった。迷いのない慣れた手つきである。紐と紙面とを童の指で手挟み、眉根を寄せて新聞を読み始める。

それが余りにも堂に入った風であったから、行商人は二の句も継げない。

「おやまあ、王女ご懐妊とは笑止千万です。司祭の方はあの肥満体で司教に出世ですか。きっと司教服も特注ですね」

などと何事かを呟《つぶや》きながら熟読する様子は、どこか都市の酒場なりで管を巻く男たちを思わせる。

それを声変わりもまだまだ先の童が行っているのだから違和感も甚《はなは》だしい。容貌《ようぼう》のかわいさがそれを増幅していて、行商人は戸惑うばかりだった。

「あ！　いた！」

常識からの救いの手だろうか、行商人はいかにも幼いその声を聞いて我に返ることができた。

見れば村の子と思しき少女が駆け寄ってくるところだった。

豊かな髪量を結おうとして失敗でもしたものか、大きさの異なる房が二つ非対称に揺れていて、しかも後ろ髪は長く垂れている。稚《いとけな》いものだ。

行商人の方へ向けた顔には明るい好奇心の輝きがある。感覚のずれを修正する思いだった。それこそ世間一般でお目にかかるところの村の子というものである。

しかし、少女の目的は珍奇な商品でも愉快な玩具でもなかったようだ。

しきりに視線を落とすあたり地面へ広げられた商品にも関心はあるのだろうが、何故か堪えて、少年の前で落ち着かない様子を見せている。声をかけることを躊躇《ためら》っているのだろうか。

「もう集まっているのですか？」

少年が紙面から目も上げず声を発すると、少し年上だろう少女は嬉しそうに返事をした。

「ううん、まだ。でも柴刈りは終わったよ！」

「それは凄いですね。いつもありがとうございます、エルヴィ」

笑顔によってなされる感謝だった。まだ読み終わっていないだろう新聞をくるくると巻いてしまって、少年は少女を労《ねぎら》ったのである。

「すぐ行きます。先に用意をしておいてください」

「わかった！　任せて！」

喜びからか頬《ほお》を染めて、少女は駆け去っていった。不器用な二房が勢いよく揺れている。それは和やかで微笑ましい光景のようでいて、何かどこかが奇妙である。

しっくりくるようでいて心に引っ掛かる不思議に、行商人は首を捻った。

「どうもありがとうございました。またよろしくお願いします」

少年もまた行儀よくお辞儀をして去っていった。

結局、行商人は一言も発することなくそれを見送るのだった。去り際に渡されたのは羊皮紙と紐、そして一枚の白銅貨である。それは地方における新聞の立ち読み価格として適正であり、告げずとも正確にそれを支払った事実が行商人を追撃し、呆然とさせるのだった。

現実へ回帰した後、彼は慌てて少年を追いかけた。

何か予感があったわけではない。

物珍しさでもない。

勿論、商機を見出したわけでもない。

しかし惹きつけられていた。

その少年は多くの点で周囲から際立っていた。

あちらこちらから集まった村の子に群がられつつ歩く少年は、ドタバタと不器用な集団の中でただ一人飄々《ひょうひょう》としていて、細道のぬかるみを器用に避けていく。

各家お手製の粗末な服装と裸足に囲まれて、彼だけが都会仕立ての服と革靴だ。埃《ほこり》まみれの乱れた髪を尻目に、肩口で切り揃えた黒髪が涼やかに揺れている。

ワイワイと賑やかな集団は大きな広葉樹の下へと到着した。日に日に暖かみを増していく春の日差しも、その周囲では枝葉の細やかな陰影として揺らめいている。

一行は大樹の根元にワッと走り出した。

「慌てないの！　乱暴にもしない！　コラ、手ぇ洗ってきて！」

中々に気合いの入った指示を飛ばしている子がいて、見ればそれは先ほどの少女である。名は確かエルヴィといったか。先着して様々に用意をしていたようだ。

子らは集積されていた荷物を手分けして分配しはじめた。木製の小椅子、黒く塗られた木板、白墨、襤褸《ぼろき》切れ。小さな二十余名はそこに秩序立って座席を整えていく。

「はい、では始めたいと思いますが……」

ただ一人前に立ち、子らの視線を集めて、その少年は言うのだ。新聞を読んでいた時とは別の意味で大人びた様子である。集団を前にして話す風格が備わっている。

彼の背後、大樹の幹に立て掛けられた大きな木版もまっ黒に塗られていて、満遍なく曇ったような汚れがある。用途は明らかだ。これは教室だ。何某《なにがし》かの教育が行われようとしているのだ。

それはわかるが、しかし、わからないとも行商人は思う。

戦争の臭いも薄らいできた昨今の世の中だが、賊も出れば棄民も流れ、まだまだ日々の暮らしに汲々とする者は数多い。貧民のための教育など王都ですら御目にかかれやしない。

「何やら余計な見学者がいますね」

だというのに、ここでは……こんな下田舎と言っていい場所では教育が行われているというのか。しかも教える側に立っている少年は子らの中でも最年少に近い。教えられる各自が扇状《おうぎじょう》に、前後重ならないよう工夫して位置取らなければ姿も見えない小躯《しょうく》である。しかもかわいらしい。

「む……何やらそこはかとなく不快感が」

あるいはこれが絵物語にあるような妖精の世界なのかもしれない。商品として扱うには値が張り過ぎるが、行商人はそんな絵巻を読んだことがある。今や酸いも甘いも知る髭の中年男性ではあるが、彼にだって夢見る幼少期はあったのだ。その視点で見ればどうだろうか。

「学べる時間は貴重です。邪魔する者には相応の報いを」

そら……妖精たちがこちらへと振り向き、そろそろと近寄ってくるではないか。

行商人は微笑み、両の手を広げてみせた。世知辛い風に晒《さら》されてきた身に、何か温かな予感が生じたのだ。

「何だこいつ、商人じゃんか。何か凄く笑顔だけど」

「髭抜け髭抜け。あと、足踏め足踏め」

「さっきの人だ。この髭って引っ張れば抜けるのかな。やってみよっと」

「これってお腹に何かしろってことかな？　頭突きとか？」

誤解であった。

小鬼たちに囲まれ、邪険に小突かれたり髭を抜かれたりした行商人は、平謝りすると共に見学料を払うことと相成ったのである。その料金は白銅貨一枚であった。

安いものだ。授業を聴くにつけ行商人は確信していった。安い。

子らは恐らく無料で受講しているのだろうが、たとえ毎回白銅貨を支払うにしたところで、都会でも盛況を博すだろう授業内容であった。読み書き計算がその内容だが、提示する例題や問題が実に俗っぽく、珍奇なのだ。

例えば読み書きについて。一般的な教育施設は教会の影響を強く受けており、反復練習する文言は聖典の内容を平易に崩したものであることが専《もっぱ》らだ。神話や説話の類である。

しかしここでは全く違う。

「続けて読んでください。『やればできる。やらねばできぬ。とにかくも』」

叫ぶように、吠えるように、子らは木版に書かれたそれを声に出す。

「『できないときは、あしたまたやれ』」

唱和されるその内容はやはり俗っぽいことこの上ない。しかしとても力強く響く。どこか素朴な生活の匂いがある。

わかるなぁ、と行商人は膝を叩きたくなった。

「書き取りをしましょう。『兄弟が欲しければ早く寝ること』」

「先生ぇ、どうして早く寝るといいの？」

「親にも都合があるからです。子宝の魔法は秘密の浪漫《ろまん》です」

爽やかな笑顔でとんでもないことを教えている少年である。もしも夜中に聞いたことのないような悲鳴や唸《うな》り声が聞こえた場合は黙認すること、などと付け加える辺り確信犯だ。

股から出てきて数年という分際で何と下世話なと思いつつも、しかしその助言はなるほど効果的かもしれないとも思う行商人であった。

計算の例題は教育現場では珍しく、一方で商取引では頻繁に見かける題材だった。十袋のメコン麦を元手にどれだけの物品を手に入れられるかという問題である。それは一人の村人と都市の商店街が、貨幣を武器に熾烈な戦いを繰り広げる物語であった。

「うう……決めた！　俺は月商会でメコン麦を売ってから、川商会で魚、花商会で服を買う！」

「私は星商会と太陽商会とに分けてメコン麦を売って、川商会で服、草商会で貝を買うわ！」

「はい。決めた人は取引を全て計算した上、残金と物品とを四角で囲ってから板を提出してください。手の空いた人は採点するところを見学するように」

同業者としても舌を巻かざるを得ない内容だ。

子らは仮想の商店がそれぞれに設定した細かな取引価格や割引、おまけなどを全て考慮しつつ、最も得をするべく計算を繰り返す。

「あんたそれ、値引きのとこどうやってる？　同じ一割でも元が違うのよ？」

「あ、そうか……ええと……」

「比べる数の計算でも出せるわ。こないだはできてたじゃない」

「あ！　うん！　わかったかも！　エルヴィ、ありがとう！」

少年の周りが過密になったからか、既に提出を終えた子が未提出の子を教えはじめている。どうやら先の二房少女はできる側の子のようだ。教える側にも教わる側にも熱心な態度があって清々しい。

注目すべきは、一部の子は加法減法のみならず乗法すら使っていることだ。あるいは除法を使える子も交じっているのかもしれない。商家の徒弟でもあるまいに末恐ろしいことだった。

いやいや、何よりも、それらを教え込んだと思われる少年こそが既に恐ろしい！

授業を終えた子らがそれぞれに散っていく間も行商人はソワソワとしてその場を動かなかった。大樹の根元では未だ数名が少年を囲んでいる。

授業後の質問にも対応するとは何とも丁寧な話だった。

全員が去るまで待ち続ける。

「代金分ですし文句もありませんが……暇ですね、貴方も」

面白くもなさそうに鼻を鳴らして、少年もまたどこかへと立ち去ろうとする。

行商人は己を客観視した時の珍妙さを思いつつも、揉み手しつつ並び歩くのだった。

「いや、見事な授業だったね。この村はどこかの商家と関係があるの？」

「貴方のような行商人すら季節に一度来ればいいほうです。田舎ですし」

「そりゃ、ま、そうか……じゃあ、どうしてあれほどの算術を？」

「計算ができると騙されにくくなります。お得に生きる知恵ですよ」

衒《てら》いも何もあったものではない。

それどころか、これは商人に対する皮肉だ。物を知らない田舎者から安く買い叩き高く売りつけることは行商人の常識である。

「ええと、じゃあ、お父さんが以前に商人で？」

「生粋の農民ですよ。母もそうです。この辺りは開拓されてまだ三十年と経っていませんが、村人の多くはもう少し領都に近い村々の出身です。その意味はわかりますよね？」

「それは……ご苦労なさったんだねぇ」

アスリア王国は今でこそ西のエベリア帝国と拮抗する領土と勢力とを保持しているが、それはここ数年の急速な復興による成果だ。いわゆる〝聖炎の祝祭〟以降の話である。それ以前は飽くことなき戦乱の五十年だ。

三十年前となるとエベリア帝国の侵攻に押されに押されていた時期だ。アスリア王国は南部に辛うじて抵抗戦力を残していたような劣勢で、中央部や北部はエベリア帝国の色に染められていた。

戦時の占領とは往々にして統治の前に掠奪《りゃくだつ》を伴《ともな》う。それを避けるためには南部へ走るか、辺境へ散るかしかない。ここは後者を選択した人々が開いた村の内の一つなのだろう。

しみじみと村の来し方を思い、行商人はハタと気づいた。

違う。確認したいのはそういうことじゃない。

少し開いた距離を早足で追いついて問う。

「ちょっと聞きたいんだけど、坊ちゃんってどのくらいまで算術が使えるの？」

「商家の番頭が勤まるくらいは」

「ええ!?」

行商人は思わず驚きの声を上げたものだが、そこへと振り返った少年の笑みは背筋の寒くなるような酷薄《こくはく》さを表していた。

「利口に生きるなら商人ですよ。まだしばらくは内治復興の時勢が続くでしょうし、成功も失敗も己の力量次第という点が素晴らしいです。何より、馬鹿の尻拭いやら阿呆の我侭《わがまま》やらで殺されることもありません」

五、六歳のはずだ。

辺境の農村の子のはずだ。

そうにもかかわらず、行商人は少年の碧眼に底知れない深みと畏怖《いふ》すべき凄みとを見た。職業柄多くの人間と面会してきたが、これほどの迫力に晒されたことは記憶にない。

いや……一人だけ近い人物がいたと思い出す。しかし日常において思い返すまいとしていた人物だ。彼にまつわる逸話は多い上に不確かで、世の主流とされる評価は行商人を不快にさせる。

曰《いわ》く、王女に懸想《けそう》した挙句、教会の祝福を受けた勇者を陥《おとし》いれて死に至らしめた大悪人。血に飢え、敵味方なくその刃で殺めることを愉悦《ゆえつ》としていた狂人。戦争の混乱に乗じて人間社会に害を為そうとしていた魔人。

忌まわしきその名は……サロモン。

まだ髭を綺麗に剃っていた頃、行商人はアスリア王国義勇軍の陣中にてサロモンと会ったことがある。

その当時は商家に勤めていたのだが、軍へ物資を納入したところ代金を満額支払ってもらえないことがあった。物品に不備があったからではない。強請《ゆすり》だ。補給担当軍人は戦中の倣《なら》いであると言って剣槍で脅しつけてきた。

サロモンはその場に現れるなり『業務上横領である』として担当軍人を処断、その後に『他の物品も買うので割引けないか』と商談を持ちかけてきた。よい取引だったと行商人は記憶している。

サロモン。当時で既に三十歳は越えていたろうか。その彼が一剣を振るう前後に見せた圧倒的気配が、今少年の見せた迫力と最も近いように思われた。年齢にして四分の一にもならないだろう、剣すら持てるはずもない少年だというのに。

「坊ちゃん……名前は何ていうの？」

サロモンと名乗られたなら、それはそれで納得したのかもしれない。

「マルコです」

違う名だ。

当たり前だ。

しかしその名は消えない印象でもって行商人の脳裏に刻まれた。

そして生まれた仄《ほの》かな予感は、力強く育ち、不思議なほどに彼を満たしていったのである。

自分はマルコを知った。

世界はまだマルコを知らない。

この不均衡は僥倖《ぎょうこう》ではあるまいか。

天駆ける竜には手が届かなくとも、未だ地に伏せる幼竜であるなら……その鱗の一つでも掴めたならば、凡人でも天の風景を見ることができるのかもしれない。

そんなことを思いつつ、行商人はゴクリと唾を飲み込んだ。

よし、よし、とわけ知らず己を奮起させていた。

「……随分と鼻息が荒いのですが」

「え？　そうかな？」

髭をゴシゴシとやりながら、己の笑顔を隠す気もなく、行商人は言うのだ。

「マルコくんていうのか。素敵な名前だね」

「ありがとうございます」

お世辞ではなかったが、それでも思いの外嬉しそうにされたことで少し照れつつも、告げる。

「これからもご贔屓《ひいき》にしてほしいな。私の名はラウリというんだ」


後年、風雲急を告げる大陸にマルコが軍を率いて勇躍するその時、腹心の一人としてラウリという男の名が挙げられることとなる。

有力商家の手代であるも貴族の不正の片棒を担ぐことをよしとせず出奔、辺境を行商人として回っていた男だ。

マルコとラウリ。

この春この辺境においては、二人の間柄は利発な子と愚鈍な父のようにも見えていて、とても世に武名を馳せる主従の過去の姿には見えないのであった。

第二話　僕のこの手は短く弱い

夏草の青々しさを踏みしめながら、子らが転び遊んでいる。野花や昆虫をいちいち発見しては笑う様子が微笑ましく、ラウリは眦《まなじり》が下がって仕方がない。

しかし視線を転じてみれば、眉根を寄せざるを得ない光景が飛び込んでくる。それがキコ村だ。

行商人として頻繁に訪れることになってから一季節が経ってなお、来るたびに何かしら驚かされてばかりのラウリである。

(あれも遊びなのかな……夢中になってはいるけど)

木組みの的に向かって投石を繰り返す子らがいる。

男の子の割合が多い。

大人の歩幅で五歩ほど離れて、真剣な表情で狙い、石を放るのだ。

中々に鋭い投擲《とうてき》である。当たれば痛そうな音が立つ。命中させるだけが目的ではないようだ。

「この距離では速さが勝負です。まずは当てる。次には連続で当てる。そのために必要なことは、投げ方を小さく無駄なくすることです。コツは手首」

そう言ってお手本を示すのは勿論マルコだ。

そこはもうラウリの驚くところではない。

小石を三つ手に取ると、手首の返しも鋭く立て続けに三つを投げた。

ビシッ、ビシッ、ビシッと小気味よく命中音が爆ぜた。

周囲は神妙な顔でそれを見届け、即座に模倣《もほう》すべく投擲を再開する。

恐らく初めて教わることではないのだろう。

中には中央へと連続して命中させる子もいて、それが女の子であることも今更に驚きを誘わない。投げる度に元気よく揺れる二房には見覚えがある。

そういう場所なのだ、ここキコ村とは。

しばらくすると投げつくしたものか、子らは石を回収し、距離をもう五歩ほど遠ざかってから再び投げはじめた。

そうやって徐々に段階を踏みながら離れていき、大半の石が届かなくなると終了した。手分けして方々の石を回収していく。

「来ていたのですか、ラウリさん」

「こんにちは、マルコ」

爽やかに挨拶をしてきた綺麗な子を、ラウリは決して侮《あなど》らない。この村に足しげく通う理由もこの少年に会うためだ。時間をかけて誼《よし》みを結ぶことが投資である。

「まるで軍隊の訓練風景のようだったけど、村の防衛のためかい？」

「まさか。個人の自衛のためですよ」

「そうかい？　集団であぁも投石されたら脅威だと思うけど……」

「集団戦闘目的なら投石器を練習させます。紐を編めばすぐに用意できますし、棒の先に取り付けた形状ならばより飛距離を望めますね。石もある程度の形や大きさを選別して加工した方が効果的です。今は投げやすさだけで選《よ》っていますから」

「え、あ、うん……そうなんだ……」

ニコニコと軍事を語る子である。

「それより、頼んでいた物は手に入りましたか？」

「うん、言われたとおりに戦地跡を調べたら、あったあった。裏に置いてあるから確認してみてよ」

「助かります。これで冬越えが楽になりますよ」

「君が言うならそうなんだろうね。しかし、よくわかったねぇ……」

「あそこで両軍は冬を越えましたし、その後に大きく戦局が動きましたからね。残っていない方が不思議というものです」

和やかに話しつつ、二人の足は村長の家の方へと向かった。土壁のそれは村の中では大きい部類の建物だ。その裏手、軒《のき》から板屋根を伸ばした場所に、薪《まき》や大型の炊事用具に交じって重そうな麻袋が一つ置かれている。

マルコが近寄りそれを開いた。すると黒い土と枯れた草、そして無数の粒々が姿を現すのだ。

「土ごと運んだのですか。さぞ、重かったでしょうに」

「いやあ、農業はあまり詳しくなくてね。取り損じが怖くてさ」

「ご苦労をおかけしてしまったようです」

「なあに、ちょっぴり恩に感じてくれればいいのさ」

談笑しつつ、二人の視線はマルコの手の平の上の一粒に注がれている。それは種だ。

マルコに依頼されたラウリが、かつてアスリア王国軍とエベリア帝国軍が長く対陣した地を探索して手に入れてきたものだ。古戦場たる荒地の片隅……アスリア王国軍の本陣跡の後方にて、それらは雑草に埋もれていた。

「でも、これって軍馬用の飼料なんだよね？　クワンプだっけ？」

「秋に蒔《ま》けば冬から春まで収穫できる根菜です。収穫するとすぐに傷んでしまいますが、痩せ地でもよく育つので軍では戦地での飼料補助のために使われます。料理次第では食用としてもそれなりに使えますよ」

「その料理法も知ってるんでしょ？　本当、物知りだよねぇ……」

探るようにその顔を覗けば、いつも通り、少年は碧眼《へきがん》を細めて微笑むのだ。

「不思議なことは、あるものです」

底知れない神秘性と、拭い去れない違和感と、そしてどこか背徳的な妖しさと……それらが中性的な幼さの中で碧色に輝いている。

ある種の魔の物かもしれないとラウリは推察している。魅せられたならもう引き返せないのだと、そう諦観《ていかん》しつつである。

「君が……この村にいる理由は何だい？」

不意に、そんな問いが口から転がり出た。

言ったラウリ自身が驚いた。

マルコがこの村を豊かにしようとしていることは明らかで、それは次の村長としては当たり前の目的だ。教育もしかり、クワンプもしかり、投石だって……と考えて、そこにラウリは奇妙を覚えた。

合理的で知に長けた風に見えるマルコだ。そこが最も童らしくない点で、まさに彼の個性なのだが、村を隆盛させるという目的に全てを集約させるとしたなら方法が迂遠《うえん》のように思われたのだ。

クワンプはいい。投石についても、村の防衛を子らに担わせるわけもなし、未来の労働力を狼や人攫《さら》いに奪わせないためと言えないこともないだろう。

しかし、とラウリは思う。

教育がわからない。マルコが村の子らに教えている内容は、実のところ村の生産力拡大には何ら寄与していない。町での交渉は大人がするものだし、難しい商談であればマルコ一人がいれば済む話だ。何人も計算ができる人間はいらない。

村と商家とは根本的な役割が違う。前者は労働でもって農畜産物を生産することが利益を生む。後者は生産物を売買することが利益を生む。

教育を受けた人間が必要となるのはその売買の部分であって、生産現場である村では、いかに読み書き計算ができようとも宝の持ち腐れだ。『損をしないため』というようなことをマルコは言っていたが、普通の村人はもとより損をする場面自体が少ないのだ。

そもそも、マルコという人間の生涯はこんな辺境の村一つに根ざして終わるものなのだろうか？

彼の碧眼は常に透徹としていて、どこか遥かを見据えているようにラウリには思える。人としての絶大な迫力を秘めて村に過ごす姿はいかにも不自然で、本気を発揮しているようには見えない。ともすれば、戯《たわむ》れに興じているようにすら見えるのだ。

「手足が……足りませんから」

そう言って、マルコはついと右手を伸ばした。

童の肉付きにプックリとした指先が、何かを望むように虚空《こくう》へ差し出されている。

「長さも力も足りません。この手では剣も槍も扱えやしないし、この足では騎乗もままなりません。戦うことができないのです。この身体は矮小《わいしょう》に過ぎて……どうしようもありません」

指先までピンと伸びきった後、その右手は握り締められた。

何を掴もうというのだろうか。

何に届かないと嘆くのだろうか。

ラウリには推し量ることもできない。

しかしマルコから漏れ出ずる気炎に、ラウリは確信を強めていた。

やはりこの少年は人中の竜に違いなく、時が来たならば天を駆けるのだと。

「可能な限り早く村を出ようと考えていたのですが……」

そっと、小さな声でマルコは言った。右手は戻されて左手が被さっている。

「しかし父母のある身です。父は老いており、母は長く臥《ふ》せっています。村長としての職分は譲ることができても、家庭の慎ましやかな幸せを考えれば、家出ととられるような無茶はできません」

困ったように話すが、不思議なことに、その表情には満足げな笑みすら浮かんでいる。それはとてもくすぐったいことのように思えて、ラウリは何だか温かな気持ちになった。

「村が豊かであればいいと思います。それと同じくらい、村の人々が強《したた》かであればいいとも思うのです。知っていますか？　健全な組織とは際立った一人によってではなく、そこそこの多数によって運営されるものだそうですよ。その方が組織が複雑になり、その複雑さが極端を排して安定を生むのだとか」

楽しそうに語る内容は、恐らくのところ、自らが去った後の村の話だ。そこには何某《なにがし》かの憧憬《しょうけい》が感じられる。

あの青空教室の子らが村を運営するようになった未来……その豊かであるだろう風景の中に成長したマルコの姿はないのかもしれない。そう希望し、そう予想し、そのことに寂しさを感じているのだろうか。

「非常の存在が日常を作ることはできないのですよ。遠くない将来、僕は戦場に立っていることでしょう。この村にいられる期間はそう長くありません。あと五年か十年か……まあ、きっとそんなところでしょうね。ですから、村にいられる間に色々と種を蒔いておこうというのが、僕が村にいる理由ですね」

クワンプの種を大事そうに指で転がし、マルコはそう結論づけた。

自らを非常とした根拠は察して余りあるラウリだった。非常というより異常なのだ。このマルコという少年は。

ラウリの知る限りこんな子は他にいない。五、六歳といったら自分の身支度ができればよし、簡単な計算ができたなら優秀という歳だろう。

新聞を通読し、読み書き計算を教授し、護身用の投石術を指導しつつも新たな農作物の導入を計画している子が他にいようか。冗談にもなりはしないだろう。

実際、ラウリはキコ村についての何事も他所へと話していない。情報を独占しているといえばいかにも商売っ気だが、話しようもないというのが真実のところだ。

マルコは尋常の子ではない。彼の行動を見ればすぐにも異常性が知れる。いっそわかりやす過ぎるほどだ。

しかし、ラウリが畏怖《いふ》する部分はそこではない。真なる異常性はもう少し見えにくく、却《かえ》って些細にすら感じるところの奥に潜んでいる。

マルコが世界に表しているその眼差し、その立ち居振る舞い、その口調……人としての圧力そのものが異常なのだ。

ラウリの意識の上では、この少年は自身よりも年上の存在だ。マルコに「変に目立ちますから」と注意されてからは気をつけているが、本当は丁重な敬語でもって言葉をかけたいくらいである。

そしてその威風を最もわかりやすく示すものと思われるのが、神秘の知識である。折に触れ聞いた数々の話を、断片的なそれぞれを総合するに、マルコ少年にはまるで従軍経験と奉公経験とがあるかのようだ。

軍にあっては正規軍よりも義勇軍の体験が、商家にあってはかなりの大店の体験が、彼の小さな体の内側に息づいているように感じられる。

(あり得ない。あり得ないんだが……『不思議なことは、あるもの』か)

妖しく光る碧眼が、有無を言わさぬ魅力でもってラウリに全てを呑み込ませるのだ。

「……再び戦争が起こる、と?」

「間違いなく。戦略的には既に起こっていますよ。あちらとこちらがある限り、不断の戦争が両国には定められています。『行禍原《イクマガハラ》は今日も赤色か?』ですよ」

「ははは、それは私も知ってるな。『どちらの血色で赤色か?』」

エベリア帝国の猛攻にアスリア王国が押され始める以前に作られたという前線歌謡だ。状況がその頃に戻ったということで、近年、市井で再評価されている。

「『貴族の果実酒色はなし』」

「『両国庶民の血の色で』……なんて、嫌な歌詞だよねぇ」

声を揃えて歌い上げ、顔を合わせて笑った。

好むと好まざるとにかかわらず、戦争は人々を巻き込んで逃さないものだ。それはこの北方の地において特に厳しい。いつの時代も戦火は王国北西からやってくる。人の営みを襲って悲しみをもたらす。ラウリも多くを見聞きし、体験してきた。

笑おう。それは力だ。人生は悲喜交々《ひきこもごも》として先へ続いているのだから、誰もが強くなければならない。誰に教わらずとも人はそれを知る。

笑うのだ。人は誰であれ笑う能力が備わっている。

「ああ！　いた！　坊ちゃまったらこんな所で!!」

笑い声は甲高い怒声によって打ち払われた。

地を蹴る音も勇ましく歩み寄り仁王立ちになった女性は、その名をハンナという。癖のある褐色の髪を無造作に一本結びに垂らし、勝気そうな眉目が爛々《らんらん》とマルコを捉えている。

「……こんな所も何も、自宅の裏ですよ、ハンナ」

答えるマルコはどこか諦めたような表情である。

ラウリも彼女のことは知っていた。年の頃は二十歳前後か。早くに夫を事故で亡くしたそうで、今はマルコの母の看病と世話を仕事として生活しているらしい。そして、その世話の矛先は往々にしてマルコの身にも及ぶようだ。

「坂下の方で遊んでいると聞いてたのに、迎えに行ったらいないんだから！　あらあら土遊びなんてしちゃって……まずは手を洗いましょうね。ほらほら、お母様がお待ちですからね」

勢いのままにマルコを立たせ、埃《ほこり》を払い、半ば抱えるようにして連れ去っていく。

これまでの戦いの歴史が、彼という竜をして無抵抗に甘んじさせているのだろう。碧色の瞳も半眼にして虚ろな表情だ。

しかしラウリは見た。手に持ったクワンプの種……土遊び呼ばわりされたそれを、打ち払われる前に素晴らしい手際で袋へ戻した妙技を。

「ははは、いつの時代もご婦人はお強い」

胸躍る何かが雲散霧消《うんさんむしょう》してしまったその場所で、苦労して背負ってきた麻袋をポンと打つラウリであった。

「これが日常だなぁ」

そんなことを独りごちて、ラウリは麻袋の口をしっかりと結わえるのだった。マルコがああも喜んでくれたクワンプの種である。捨てられては再びの重労働だ。

実の生活とはそういうものだと理解していた。辺境の村落に日常生活を送る女性から見れば、村長の子を目当てに頻繁にやってくる行商人など不審者呼ばわりされても致し方ない。

自分は差し詰め田舎のかわいい少年をたぶらかす悪い旅人か、それとももっと進んで人攫いか何かだろうか……ラウリは苦さを含んで小さく笑った。現状はマルコが周囲を説くことで維持されているものと察するからだ。

何にしたって、とラウリは立ち上がった。

臥せた竜たる少年は、その志を少しずつ見せてくれている。語る言葉の先に具体的な展望も仄《ほの》めかされている。

彼が動き出すその時に最大限の助力をするためには、ただ近くにいればいいというものではなかった。彼に頼まれた以上のことを行い、常に用意しておかなければならない。

右手を虚空へと伸ばしてみる。

大人の腕の長さだが、しかし彼の小さな腕が示したほどの強さは感じられない。

あれは時代を切り拓く者の手だったとラウリは思う。幼く弱きに不満という様子だったが、それすらも既に凡人の予想を超えているのだろう。彼は世界をどこへ導こうというのだろうか。

手を握り締める。

彼が掴み取りたい物が何であるかはわからない。それこそラウリには予想だにできない。

しかし己のこの手が掴みたい物は明らかだ。竜の鱗である。その征く先を見届けるために。竜が天に在って得る眺望を、凡百の必死にて僅かでも見てみたいがゆえに。

「……うん。これはきっと仕方のないことさ。マルコならわかってくれるよね。出入り禁止にされちゃかなわないもの」

誰に言うでもなく声に出して、うんうんと頷きを重ねつつ、ラウリは村長の家の玄関へと向かった。

その背の荷物には一揃えのかわいい児童服がある。マルコの母およびハンナが欲しがりに欲しがっていたコレを献上することで、目下の立場を向上させておこう……そう決意したのだ。

「マルコも喜んでくれたらいいけど」

それが望み薄であることは明白だった。何故ならば、ラウリが領都の衣服店で仕入れてきたその服は女物である。少女用の代物なのだ。

以前マルコのために持参した新聞に挿絵として描かれていたものをハンナが目に留め、マルコの母が強く執着し、ラウリは思わず言ってしまったのである。これならば領都の衣服屋で手に入ると。

「……あんまり怒らないといいけど」

そして女性らの賑やかに囀《さえず》るところとなり、ラウリは幼竜が笑顔の裏に研ぎ澄ませたものによって心胆を試され冷や汗をかくこととなる。

未だ戦争の足音は遠く、日差しは草木も人も暑く照らしていて大らかだ。
それは豊かで健やかな、キコ村の夏の一日であった。

◆第三話　懐かしきは撃剣の音色

風が葉を散らす頃ともなると、繁華街を歩く人々の顔も俄《にわか》に鋭さを帯びてくる。

寒気は砥石のようだ。火も槌もなくとも、己の持ち前を磨くように思える。

「ま、包丁やら鋤鍬《すきくわ》の類ばかりだけどよ」

街路に面した酒場で真昼間《まっぴるま》から杯を呷《あお》りつつ、オイヴァ・オタラはどんよりと人の流れを見やっていた。大男である。椅子一つでは身が余るばかりか体重を支えきれないものだから、二つを並べた中に浅く器用に座るよりない。

黄色の着流しに黒頭巾という格好は風流人の好むものとして気に入っている取り合わせだが、やはり大きいからであろうか、力士や怪力芸人に間違えられることもしばしばあった。

「包丁がどうかしましたかい、旦那」

客もまばらな店奥から老人が出てきて、オイヴァの卓に酒瓶を追加した。

「や、や、主人、催促したわけじゃなかったんだが」

「研いでもらったコイツがすこぶるよくてね」

老人は大振りの包丁を見せて笑う。

オイヴァも笑って杯を軽く押し戴いた。

今でこそ流浪の身だが、かつては刀鍛冶として従軍していたのだ。包丁の一本や二本はお安い御用だった。城住み騎士の家の四男として生まれた彼は、実家の貧困から鍛冶職人へと勘当同然に弟子入りさせられた来歴を持つ。

「しかし、これほどの腕前でらして、何だってお暇な様子なんで？」

「そりゃまあ、俺だって暇は嫌いだけどよ……」

巨体でも身を縮めて、オイヴァは口を尖らせたものである。

「気持ちのいい職場がなくてよぉ」

そう漏らしてみると何とも情けなく思えてきてならず、縋《すが》るようにして酒を啜《すす》った。

しかし酔いに埋没したくともまるで酔えやしない。

それでも飲まずにはいられないから、しょんぼりと杯を舐めつつ往来を眺め続けた。交ぜてもらえない遊びを傍目に見るような気分だった。

酒場の主人は溜息を一つ置いて厨房へと戻っていった。包丁の振るわれる小気味よい音が聞こえ、油で何某《なにがし》かを焼く音が続く。

小さな店だ。それが今のオイヴァには日中の全てでもある。

「えい畜生……嫌な世の中になっちまったもんだぜ」

ここはアスリア王国北東部であり、ヘルレヴィ伯爵領の領都にも近い町だ。戦乱期にはエベリア帝国の跳梁《ちょうりょう》を許すこととなったこの地も〝聖炎の祝祭〟以降は賑わいを取り戻している。

その復興を支えているのは軍需だ。かつてはオイヴァも末端ながら関わっていた分野である。

王国北西部はサルマント伯爵領、ペテリウス伯爵領を中心に軍事に力点を置いた土地柄となっている。そこを更に西へ行けば行禍原《イクマガハラ》であり、その先に宿敵エベリア帝国の領土が広がっているからだ。ヘルレヴィ伯爵領はそんな前線に直近の土地であり、前線の兵站を支える重要な役割を担っている。

特に馬がいい。東に行き過ぎてしまうと〝死灰砂漠〟が広がっており、そこでは北の大氷原から漏れ来る瘴気が生命の営みを許しはしない。しかしその手前までならば逆に有効なのだ。風に僅かに混じる瘴気が却《かえ》って馬を鍛え、強靭にする。牧草地にも恵まれている。

そのため鍛冶としては蹄鉄《ていてつ》作りの需要が多く、この町にも幾つもの鍛冶場が営まれていた。

反面、刀剣の仕事が少ないが、それはオイヴァにとってはどうでもよかった。単に剣を鍛えたいのであれば西へ向かえばいいだけの放浪の身の上である。それに蹄鉄だとて鍛冶仕事の一つと心得ているため、否やもなかった。

アスリア王国に広く伝播《でんぱ》している雰囲気が嫌なのだ。

復興の熱量は炉の火のようでよし。人々の賑わいも弾ける火花のようでよし。

しかしオイヴァには、そのどちらにも嫌な色が錆《さび》のようにまとわりついているように思えてならない。

目の前を二頭立ての馬車が行く。

その側面に飾られた絵柄がまたオイヴァの眉を顰《しか》めさせた。天使に助け起こされる勇者の図。これだ。こんなものが流行り持て囃《はや》される世間が不愉快なのだ。心中に毒づかずにはいられない。

(勇者だなんだと大層に言うが、要は敗死しただけじゃねえか)

グイと酒を飲み干す。

美味くない。

勇者の非業の死を大仰に悲しみ、それを復興の活力につなげる……そんな悪酔いが蔓延する中では酒すら不味くなるようだった。そこに魔人サロモンへの罵倒が加えられるのだから堪らない。仕事をしたくもなくなるというものだ。

(将ってな勝ち負けで評価されるべきじゃねえのか？　負けて味方を多く死なせたのは勇者だ。勝ちに勝って国を救ったのはサロモンの方だろうに)

オイヴァは面白くない。それというのも、彼は勇者の率いる軍に従って戦乱を駆けたからである。そしてその指揮の下で死地を彷徨《さまよ》い、サロモン率いる軍によって救われた内の一人だった。

酷い負け戦だった。オイヴァは今でも当時の様子をありありと思い出せる。

どちらを向いても敵の旗が物々しくはためき、激しく咀嚼《そしゃく》するようにして味方を殺し続けていた。退路は完全に断たれていて、貴族の諸将は狼狽《ろうばい》するばかりで指揮を乱した。恵まれた体躯とはいえ馬も鎧もない従軍鍛冶師オイヴァの命は、まさに風前の灯であった。

それはもはや一個人の武では何をしたところで光明の見出せないような状況であった。

勇者の軍は味方との連携を欠いて突出し過ぎていたのだ。それがいかなる事情によるものかはわからないが、軍の置き所が極めて拙かったことは確かで、その責任は統率者である勇者にあるとオイヴァは考える。　家名や個人武技、　見てくれや肩書きなどは一切関係ないのだ。

（兵に遠くは見えねえ。将はそれをよく見て、上手く戦わせてくれなきゃならねえ)

オイヴァは将ではない。しかし多くの兵と語らう立場にいて、望ましい将の在り様については思うところがあった。

聞けば、勇者はその驍勇を発揮して多くの敵兵を討ったらしい。それは確かに見事かもしれないが、兵士としての見事に過ぎないのではないか。どんなにか目の前の敵を上手く殺したところで、己の率いる軍全体が殺される状況を招いた罪は消えまい。

やがて来援した味方によって敵は完膚なきまでに叩かれることになったが、義勇軍を含むその味方集団を率いていたのがサロモンである。

あの日あの時、戦場を支配した勝利者は間違いなくサロモンだったのだ。その圧倒的勝利こそがエベリア帝国の脅威を退けたのである。

(それがどうだい。将軍は酷ぇ殺され方をして、勇者は伝説だ。今日の平和を招来したのはどっちなんだと聞きたいぜ。どいつもこいつもわかっちゃいねえよ……ああ、堪らねえ堪らねえ)

呷りに呷り、それでも酔えないで、オイヴァは裏路地の方へとのそのそ歩いていった。

復興初期に多く建てられた長屋の中でも、特に日当たりが悪く混雑した辺りの一部屋が寝床である。小さな土間と台所、そして彼一人寝そべれば埋まる板の間が全てだ。

寝る。不貞寝だ。

こんな自堕落な生活がいつまで続けられるものか……チラと考え薄ら寒く覚えるも、しっかりと生きるための気力も湧かなかった。

腐るも結構。

どうせ世の中も臭う。

朽ちるも結構。

もはや世の中に飽く。

泣きたくなるような気持ちで強がりを思い、オイヴァは瞼《まぶた》を閉じるのだった。

意識がゆっくりと曖昧になっていって、部屋の外の音が不確かに遠ざかっていく。それが好ましかった。

◆◆◆

健全な人々が額に汗して働く時間帯を寝て過ごし、日も暮れかかる頃合いになってようやく、オイヴァはむっくりと起き出した。

柄杓《ひしゃく》で一杯水を飲み、再び出かける。足取りは軽い。

幾つかの路地をまたいで出向いた先は、古びた集会場のようにも見える建物だ。

「や、や、皆さん、お揃いで」

気さくに挨拶した先には、既に汗をかいている男たちの姿があった。一様に軽装で、手には木剣か〝竹束剣〟を持っている。円になって立ち、回数を合わせて振っていたようだ。

「遅いぞオイヴァ。我らはすぐに組打ちを始めるが、お前はまず体操と素振り千本を終えてから合流せよ」

「承知、承知」

隅の棚から特に太く長い木剣を手に取って、オイヴァはゆっくりと肩や腰の柔軟体操を始めた。入念に足腰を慣らしている間に、男たちの裂帛《れっぱく》の気合いや打撃音が響き始めた。

ここは町の武術好きたちが集い研鑽する野良道場である。オイヴァにとっては目下唯一の楽しみの場だ。

「やあ、交ぜてもらおうか」

素振りの数を微妙に誤魔化して、ウキウキと組打ちに参加したものだ。

軍の調練では防具を着込んだ上に刃を潰した武器で打ち合うが、ここではそんな物を用意する金などあるわけもない。

使うのは竹束剣だ。竹片を四つ束にして固定した代物で、中心の空洞が衝撃を緩衝するため防具なしに強く打っても骨を損じない。武器としての重さがないし、防具の重さもないのだから、従軍経験のある人間にはいかにも物足りない装備である。

しかし武技の術理を学ぶには適しているし、何も人を傷つけ殺すばかりが尊いわけでもないとオイヴァは考える。武芸は時に遊戯に優る面白さがあると知るからだ。

疾風のように打ち込んでくる剣を捌きつつ、オイヴァは心底から楽しんでいた。竹束剣での組打ちは体格と筋力とに恵まれた彼にとっては本領を発揮する場ではなく、半分以上は遊びの範疇だったが、それでもやはり夢中になるほどの魅力を持っていた。

そもそもこの道場に竹束剣を持ち込んだのはオイヴァである。従軍中に義勇軍の調練で使われていた物を拝借する機会があり、構造を知ったのだ。それはあるいは義勇軍の強さの秘密であったのかもしれないとすらオイヴァは思う。

竹束剣に惚れ込んでいるといえばそれまでだが、やはり初心者訓練用としては木剣や模造剣に優るところがあった。

(怪我しねぇで組打ちできるんだ。鍬鍬の連中を鍛えるには、うってつけの道具だよな)

根元に小鉄片を要として噛ませてあるのが構造上の秘訣で、嘘か真か、発明したのはサロモンだと言われている。正規軍には『惰弱である』と見向きもされなかったが、殺し合いと分けたところで武技自体を好むオイヴァとしては、素晴らしい物を発明してくれたと賞賛を送りたい。

(それによ、刃を潰した剣なんて気持ち悪くて触れねえ。触れねえよ)

肩や肘に何撃かもらいつつも、ビシリと脳天に一撃を加えてやって、オイヴァは何人目かの組打ちを終えた。

「参った。見事なものを貰った」

「なになに、お互い様だ」

頃合いを見計らって対戦を止め、互いに相手を代えていくのがこの道場の流儀である。

しかし間が悪く次の相手がいない。どこも戦いがたけなわだ。

手ぬぐいで汗でも拭こうかと端へ下がった、そんな折であった。道場の玄関に一人の少年が立っていることにオイヴァは気づいた。別段見学を禁止した場ではないが、そろそろ暗くなる時分である。そしてこの辺りは治安がいいほうでもない。

やれやれと声を掛けようとして、オイヴァはギョッとした。

(何という鋭利……こいつぁ、尋常のもんじゃねえぞ)

仕立てのいい上品な服装、サラサラとした黒髪、品のある顔立ち。歳は五つか六つか……しかしそれらは全てが本質より遠いところにあるとオイヴァは見抜いた。見抜けてしまった。知らず刀剣を鑑賞する際の心構えになっていく己に驚いた。

目だ。碧色に冴え冴えと、煌々と、妖しくも惹きつけられる眼光がそこに在る。数多の魂を啜った魔剣が帯びるような……危うさの先へと至った戦気がそこに在るのだ。

(千か万か……いや、それ以上なのか……とにかく、とんでもない数の人間の死を掌の上にする目だ。何てこった、何てえこった。人なのか？　それともこれが魔人ってもんなのか？)

オイヴァは射竦《いすく》められたように呆然とするよりなかった。

動けないのだ。自分を容易に両断できる刃の上に立たされたとしたら、人はやはりこうなるのではないだろうか。

ゴクリ、と唾を飲む音が大きく鳴った。

「ああ、すみません、勝手に見学させてもらっていました」

鈴の音のような声が届いて、オイヴァはハタと正気を取り戻した。

目の前には妙に大人びた表情の少年がいて、こちらに丁重な態度を示している。

白昼夢でも見たか？　違う。

オイヴァはその手の内に握り締められた汗を指先で確かめた。

「お、おう。いくらでも見てくれていいぞ。ただし参加するならその箱に青銅貨を一枚だ」

玄関脇の木箱を指し示す。この集会場を借り続けるための金銭をそれで賄《まかな》うのだ。それは消耗品である竹束剣などの材料購入費用にも当てられる。

ちなみに竹束剣の製作者であるオイヴァはその参加費を免除されていた。

「いえ、それには及びません。懐かしい音が聞こえたもので……惹かれてきただけですから」

そう言って、少年は目を細め組打ち風景を見やるのだ。そこに先の戦慄すべき眼光はないが、見間違いだったとは思えない。恐らくは己という刃を納める心の鞘を持っているのだろう、とオイヴァは納得した。

そしてそれはこの少年が暴力に生きる人間ではなく、武力に生きる人間であることを教えている。何某かの規律によって管理された力を有し、それを発するも収めるも理性でもって可能とする……つまりは軍人の在り様だ。

軍人。年恰好からしておかしな話だが、オイヴァは人物の心象を視る眼力には強い自負があった。鍛冶場の炎と鉄とによって磨かれた才だからだ。日常を生きる人間はわからなくとも、剣槍をもって戦場に生きる人間については見誤らない。

この少年は傑物《けつぶつ》だ。善し悪しはともかくそれは間違いないだろう。

ただ、懐かしい音、というのはどういうわけだろうか。オイヴァの知る限り、ここの道場で鳴り響く音は通常の練兵場では聞くことのないものだ。竹束剣ならではの、軽快で立て続けられる打撃音だからだ。

「竹束剣での訓練は普及しているのですか？」

「え？」

「僕の知る限り、義勇軍の調練でしか使われていなかったはずですが」

「あ、ああ、そうだろうな……うん、他では使ってないと思う」

疑問に思ったところを逆に問われてオイヴァはまごついた。どうやらこの恐るべき少年は義勇軍について知るところがあるようだった。

親が従軍していたのだろうか。〝聖炎の祝祭〟に先立って義勇軍は解散したと聞いているから、その人員が郷里に帰って竹束剣を振っていることはあり得る話だ。

少年は小首を傾げた。首の細さがチラリと覗ける。

「誰か、元義勇軍の人でもいるのでしょうか？」

「それは……」

答えかけたところで、外に耳を劈《つんざ》くような女の悲鳴が上がった。それが不自然に途切れたとなれば、オイヴァには嫌な予感しかしない。拐《かどわ》かしなどさして珍しくもない。復興の熱を世間の表とするならば、その裏では戦乱期から拭い去れないでいる暴力性があるのだ。

「失礼します」

「え、あ、おい!?」

止める間もあればこそ、少年は踵《きびす》を返すなり一目散に駆けていった。僅かに見えた表情には苦々しげなものがあった。

悲鳴に心当たりでもあるのだろうか。どうしたものかとオイヴァは考える。この手の揉め事にいちいち首をつっこむほど青くはない。徒党を組んだ連中に目をつけられるのも面倒だ。

さりとて、言葉を交わし、興味を持った人物を見過ごしにするのは嫌だ。それが尋常でない傑物であるなら尚更だろう。

組打つ男たちをちらと見る。

皆が竹束剣を振り回すことに夢中だ。玄関先の出来事にまるで気づいていない。少年がいたことすら認識していないだろう。

自分も打ち合っていたならば同じだったはずだ。後日、近所で人攫《さら》いがあったそうだと話題の端に乗せるだけで終わっただろう。

「これも縁ってやつだな、うん。縁ならしゃあねえ、しゃあねえよ」

木大剣とでも言うべき極太の一本を手に取り、ふと思いついて小振りで細い一本もまた取って、オイヴァは少年の後を追うべく走り出した。

第四話　コツは手首と指先の連動

オイヴァはすぐに追いついた。

暗い路地の真ん中に立ち往生する少年は、眉根を寄せて難しそうな表情をしている。

面倒なことになったんだろうな、とオイヴァは今更ながらに思った。

「おう、どうなったい？　何か手伝えることはあるか？」

「貴方はさっきの……」

意外そうな顔だった。それは大人の助けを期待していなかったという意味で、この少年にとってはそれが当然なのだろう。やはり普通の子ではない。

「オイヴァだ。さっき女の悲鳴が聞こえたが、お前さんの連れかい？」

「……マルコです。一緒に村から出てきた女性が人攫《さら》いにあったようです」

そう言って見せてきたのは皮革の履物だ。野暮な作りは自製品の常で、なるほど同じ村の人間であれば見当がつきそうなものだった。大きさからいっても女物である。

しかし村から出てきたと聞いては、オイヴァは内心で舌打ちする思いだった。

少年の身なりからしては意外な情報であり、それはこの場合あまりよろしくないのだ。

町の人間であれば駐在所の兵士たちを動かすことができるし、そうすることで大概のことは何とかなっただろう。解決の形は様々であるにしろ、余程のことがない限り再会は叶うに違いない。

しかし町の外の……それも村の人間となると厄介だ。行政の扱いがどうしても粗雑になる。

「周りに聞いても誰も何も教えてくれません。何か心当たりはありますか？」

「そいつぁ、また……」

しかも犯人は背景のある人間のようだった。単発的な犯行であれば娯楽に飢えている路地裏の連中が野次馬根性を剥き出しにするだろう。周囲の人間が少年を相手にしないのは事件に関わりたくないからだ。つまりは関わると厄介だという判断をした……オイヴァはそう解釈した。

「事情を聞いてもいいか？　見当のつけ方も解決の仕方も変わってくる」

「わかりました」

聞けば、少年たちは辺境の村から商取引のために出向いたそうだ。人員は荷物持ちとしての男衆三人、交渉役としての少年、計算助手としての少女、そして少年の付き添いとしての妙齢の女性である。名をハンナという。拐《かどわ》かされたのはその女性のようだ。

一行は旅籠《はたご》通りの外れの木賃宿《きちんやど》に今晩の寝床を確保していたが、道場の音に誘われて少年が外出したものを、心配したのか女性が追って出て被害にあったと推測される。

「すぐ戻るから追わないようにと言ったのですが……」

「そりゃあ、お前が悪いな。心配されて世話を焼かれるってな、基本的に信用されちゃいねえんだ。信用されてねえ奴の言葉は軽い。しかも女だろ？　情ってもんがある。追いもするわな」

「……考え足らずでした」

一瞬眉毛をピクリとさせたが、その表情には焦燥や悔恨といったものは見受けられない。いっそ冷厳としていて、その小さな体の内に怒気を予感させる。

オイヴァにはそれが奇妙に映る。保護者の女を心配している様子がないからだ。

「しかし随分と遠くから来たな。最寄の町はここじゃあるめえ？」

「売り買いの相場の関係です。取引自体は上手く済んだのですが」

「取引先を聞いてもいいか？」

「山風商会です。行商人の方からの紹介状も持参しました」

「ふぅむ……」

その商会の名はオイヴァも知っていた。真っ当な商いをする店である。辺境からの珍しい客を裏で食い物にしようと企《たくら》むことはあるまい。

そうなると行きずりの犯行ということになる。

（町の人間じゃねえと見て掻っ攫ったかな？　若ぇ女に目をつけるとなると……）

場所も併せて考えると、オイヴァの脳裏には二つの可能性が残ることとなった。

一つはこの町に屋敷のある貴族の一人で、好色であると噂される男爵だ。野の花を手折ることが趣味と聞くから、夜道を無防備に歩く村娘を見かけたなら味見を試みるものかもしれない。

もう一つはこの辺りの与太者を束ねる親分だ。人身売買に手を染めている連中からすれば、町に縁故のない村娘など容易い獲物だろう。

「ううむ、幾つか心当たりが出てきたぜ」

「他言はしません。お礼もします。教えて貰えませんか？」

清々しいほどにキッパリとしていて、依存心がない。

犯人がどんな人間にせよ子供の身ではどうしようもないと考えるのが普通だ。

だが、とオイヴァは思う。

もしかするとこの少年ならばどうにかしてしまうのかもしれない。

(見てみたい、と思うのはさすがに不謹慎かもしれねえが……面白そうだ)

真っ直ぐと見上げてくる碧眼《へきがん》にニヤリと笑みで返してやるオイヴァだった。

「夜道で村娘を攫うところを誰に見られても構わねえって野郎は、この界隈じゃ二人いる。その内で悲鳴を上げさせるのは片っぽだけだ。ベルトランっていうエベリア人の傭兵崩れがいてな。この界隈の与太者どもを従えて色々と悪さをしてやがる」

「居場所はわかりますか?」

間髪入れずに問うのだから、今夜の縁は相当に派手なことになるだろうと思われた。

「勿論だ。溜まり場になってる酒場がある。案内してやるよ」

「……よろしいのですか?」

「ああん?」

「ご助力はありがたいのですが、面倒事になりますよ?」

気遣いを見せつつも、少年の目はゾクゾクとするような光を宿しつつある。

やはり見間違いではない。

この少年は恐るべき何かを秘めている。

そしてそれは、この夜の面倒事の先で発露されるに違いない。

オイヴァは己の鼻の穴が大きく広がったことを意識した。

「上等じゃねえか。与太者が何人群がろうが何をかあるだ。俺ぁベルトランの野郎とも因縁があるしな」

「その親分格と面識があるのですか？」

「勇者が殺された、その日その時その場所でな」

「……あの戦場で、ですか」

「ああ。心配はいらねえってことよ。俺ぁ、あの死地をも生き残った男だぜ。ある意味じゃ勇者よりも強ぇのさ！」

柄にもなく大仰なことを言ってしまい、すぐに照れの来たオイヴァであったが、少年があまりに驚いた顔をするものだから堪らない。「いやまあ」だとか「んじゃ行くか」だとかへどもどしつつも、少々得意になっていた。

だから気づかなかった。見逃し、聞き逃してしまった。


「あれで死ななかったのですか……それは素晴らしいことを聞きました」

誰の目に映ることもなかった、
その上弦三日月の微笑。漏れた碧色の炎。

それは承認であり刻印だ。

この日この夜にオイヴァ・オタラは黒髪碧眼の少年に目をつけられた。それが祝福なのか呪詛なのかは、人により判断の異なるところだろう。

後年、マルコが軍事力をもって大陸に威名を轟かせるその時、宿将の一人にオイヴァ・オタラの名が確認できる。

不屈の闘将、鉄壁大将、粘り山などとあだ名される彼は、激戦地を好み、戦場の最も過酷な位置に立ち続ける男として知られることとなる。

それが本人の望んだものであったのか否かは、これもまた議論の分かれるところだろう。しかし、その契機となったのがこの初冬の夜道であったことだけは確かなようである。

◆◆◆

夜を走る。頬《ほお》に当たる風が冷たさと勢いとで速さを思わせる。

背に軽快な駆け足の音を聞きながら、オイヴァは街路を走りに走った。

既に町は夜の支配するところである。表通りはともかく、裏道にはそこかしこに視線の通らない暗がりが在る。長屋住まいの人間たちは僅かでも燃料を惜しむからだ。その様子はどこかいじけていて、黴《かび》と埃《ほこり》の臭いがする。

やがて到着した酒場も根っこは同じだ。荒んだ雰囲気を隠しもせずに夜気へ晒《さら》している。その店構えにもどこかヤケクソな印象がつきまとう。

店前に立っている男は客引きではあるまい。

男が腰に帯びた剣をチラリと見て、オイヴァは静かに呼吸を整えた。

「何だ、お前……そのガキを売りに来たんじゃねえなら、帰りな」

オイヴァの背丈に若干の怯みを見せつつも、男はそう凄んできた。柄は悪いがそれも仕事なのだろう。

答えようとするオイヴァを手で制し、マルコが一歩前に出た。

「親分のところへ案内してください。女性の誘拐について話があります」

「……あぁ？」

「聞こえずわからずの案山子《かかし》に問答は無用。まかり通ります」

「うぉ、おい、てめえっ」

伸ばされた腕をスルリと避けて中へ。

速い。

オイヴァはその体捌きに驚きつつも、男を羽交い絞めにしてマルコの後を追った。

店内は外見に負けず劣らずの荒みようである。十数人の柄の悪い男たちと、数人の接客人らしい女たちが、淀んだ酒盛りの喧騒を俄《にわか》に静寂として耳目を寄越していた。

後ろの方は立って背伸びをするような素振りをしながら、マルコに注目しているのだ。

「親分を呼んでください。女性の誘拐について話があります」

酒気の霞を払うような声が発せられた。

きょとんとした表情が一通り周囲を巡り、そしてそれは歪んだ爆笑として破裂した。下卑た言葉が雨あられと飛び交う。オイヴァの抱えている男もまた唾を飛ばして笑っていた。

「どこの王子様が世直しにお出でなのかなぁ？」

酔った男の一人がマルコの首根っこを掴もうとして、しかし空振りに終わった。体捌きで回避されたのだ。

それどころかマルコは既に数歩も店の奥へと進んでいる。

進路上の誰かが立って遮ろうとした。それも間に合わない。

速い。

スルスルと音もなく迷いもなく、マルコは奥の階段の方へと進んでいく。

「おい、てめえ、待てコラ！」

恐らくは二階に親分のベルトランがいるのだろう。オイヴァは今になってそれを察した。

階段前に立ち塞がった二人はここの男たちの中で最も体格がよく、身なりもいい。手近に置いてあったらしい剣にしても使い込まれた様子だ。護衛なのだろう。

その二人がそこへ位置取っていたことが、ベルトランが階段先にいることをマルコに教えたのだ。

「うぎゃっ!?」

「ごわっ!?」

その二人が剣を抜く間もなく悲鳴を上げた。顔から血を飛び散らせてよろめく。

その隙にマルコはスタスタと階段を上がっていってしまった。

(何だ！　何をした!?　ただ歩いていただけだぞ!?)

慌てて後を追おうとするが、さすがに二人目の闖入者たる大男を素通りさせてはくれなかった。

たちまち囲まれるが、オイヴァ自身も含めて、誰もがどこか困惑から抜け切れていない。目の前で起きた不思議を頭で処理できていないのだ。

「と、とりあえず……そおれぃ！」

オイヴァは抱えていた男を棒に見立てて振り回した。人間は軽くないが、重過ぎもしない。

ブンブンと鞭のように唸《うな》りを上げる迫力に気圧されたか、囲う男たちが二歩三歩と退いた。

好機である。走る。

オイヴァは乱闘もなく階段へと辿り着くことができた。

「話があるだけだから、追ってくるんじゃねえ。それぇい！」

階段の上から男……涙か涎《よだれ》かわからないドロドロで顔を汚し、グッタリとした人間を投げ落とす。

悲鳴と怒声と破壊音が連続して発生した。

「ありがとうございます。そのままそこをよろしくお願いします」

マルコである。見ればオイヴァの側に背を向けて立ち、卓の先の何者かと相対している。

灯明は卓上の一つのみで、階下よりも随分と薄暗い。

夕暮れ色に揺れる灯火の先に座るのは……ベルトランだ。

彫りの深い男らしい顔立ちは伸び放題の髭と髪とで粗暴に縁どられ、凝結したような眉間の皺《しわ》の両脇には、酒に淀んだ瞳が窪みのようにして在る。

(緑巾のベルトラン……相変わらず、何もかも面白くねえって顔をしてやがる)

オイヴァはベルトランと何度かの面識がある。そのどれもが碌でもない顔の合わせ方だが、中でも最悪なのはやはり最初の出会いだろう。

時は今より七年前、場所はアスリア王国とエベリア帝国の境界たる行禍原《イクマガハラ》の、ややアスリア側にずれた場所である。現在は勇者の戦没した地として知られる辺りでのことだ。

そう、敵対する陣営の兵士同士として出会ったのだ。

オイヴァは勇者直率の軍の従軍鍛冶師としてそこにいた。ベルトランはそれを滅ぼさんとするエベリア帝国軍に雇われた傭兵としてそこにいた。

状況は初めオイヴァにとっての死地であり、サロモン軍の来援後は、ベルトランにとっての死地へと変貌した。死神が大挙して鎌を振るう死の原野で、二人は直接に剣を交えたのである。

最初はオイヴァがベルトランの剣の下に殺されそうになり、最後はベルトランがオイヴァの剣の下に殺されそうになった。決着をつけるでもなく、混戦の中でそれぞれに辛うじて生を拾うこととなったものだが。

「投げ銭か……見るのは二度目だ」

ベルトランから重苦しく紡がれた言葉に、オイヴァはギョッとした。

階段を上ろうとした男を蹴り落としつつベルトランを見る。その右手は酒に濡れ、陶器の欠片が付着している。察するに酒杯か酒瓶を投げつけようとして未然に迎撃されたものか。

（投げ銭……そうか、暗器か！）

暗器とは隠し武器のことで、密かに所持し、不意を突いて使われる武器の総称である。

オイヴァは小型剣や鉄針などがその用途に使われることは知っていた。しかし硬貨とは思いもよらなかった。

先刻の護衛を退けた謎が解けると共に、今蹴り落とした男の額の裂傷を思い、小さな子供が放つそれの威力に驚いた。

「もう一度だけ尋ねます。今夜、貴方の子分は村娘を誘拐しましたか？」

静かな声だ。しかしその一言一句が宣戦布告の冷淡さを帯びている。

子供の声の上に戦場の音が乗っているその不思議を、オイヴァはもはや不思議とは思わなかった。

（ここからじゃ背中しか見えねえが、きっとあの目をしてるに違いねえ、違いねえよ）

それを見るために来たと言ったらこのマルコという少年は怒るだろうか。そんなことを思いつつ、再三の蹴り飛ばしでもって人の雪崩を作り続けるオイヴァである。

眼下の群れは既に脅威足りえない。しかし鬱陶《うっとう》しいことではあるので、いっそ階段を壊してやろうかと思いついた時、その音が耳に届いた。

「あ……うぁ……馬鹿な……」

ベルトランの声だ。

見る。

見て、オイヴァは息を呑んだ。

目が、鼻の穴が、口が、無様に大きく開かれている。あるいは耳の穴すらもか。震える両手を抱きつこうとするかのように前へ伸ばし、そのくせ、腰はへっぴりに引けている。

その姿は凄腕と知られた傭兵、剣士ベルトランにあるまじき姿だ。与太者の親分ベルトランにもありえない。

誰も知らないベルトラン……しかしオイヴァには見覚えのあるベルトランなのだ。あの死地で……誰も彼もが死の風に晒された絶品の死地で、最後に見たベルトランこそソレだ。

もはや息も絶え絶えとして、時を遡《さかのぼ》ったかのような有り様のベルトランが何事かを言った。その口が四つの音を唱えた。

無音だ。空気を振るわせる何物もなかった。だからオイヴァには聞こえなかった。見ることもできなかった。

何を見た、ベルトラン。そして何を言った。

オイヴァには窺《うかが》い知れない。


それら四つの音は、人の名を表していた。

第五話　素直に話せばいいんです

剣の間合いは死の間合い。

騎士たちの馬上の風景を求めず、兵士たちの槍衾《やりぶすま》の列を求めず、矢も石も何もかも己に無関係のものとして、ただ乱戦の中に剣の間合いを追い求め続ける一人の男がいた。

人を斬り、馬を斬り、土塁も鎧も断ち割って、剣の風が戦場を席巻することを願った彼の頭には緑色の頭巾。

ベルトランという男のそんな来歴は、一つの戦場で粉々に打ち砕かれることになる。

七年前の話だ。

(勇者などといっても一人の人間。白馬に跨《また》がり、金銀の鎧を纏《まと》い、軍に囲まれていたところで……俺の剣を逃れられる道理はない。血の詰った肉袋に過ぎないことを証明できよう)

愚かにも孤立したその軍を、エベリア帝国軍は狂猛に食い破った。無数の兵が肉と血油とになって地へ散らかり、名だたる貴族も将も平等の無惨を空の下に晒《さら》した。

敗軍の将兵は皆等しく死んでいく。混戦乱戦は命の平等を剣刃の下に実現する。そこにあっていよいよ潤い冴えわたる緑色こそがベルトランだった。
二十、三十と殺人を量産する彼の剣を止めたのは、一人の大男だった。満足に鎧も着ていないその男は、拾い物に違いない馬上槍を棍棒のように振り回し、死の汚泥の中で嵐となっていた。

勝敗など既に決し、いかに殲滅するかという状況である。そんなあからさまな危険には誰も近寄ろうとしなかった。すぐ近くに高価で簡単な貴族首があるのに、どうしてそんな雑兵首などを狙いにいくだろうか。

ベルトランだけが襲い掛かった。彼にとって死は平等さをもって尊ばれる現象であり、貴賎や男女や老若によって偏《かたよ》らせていいものではないからだ。

目の前の大男を避ける理由は皆無だった。剣と鉄柄が激突し、束の間の一対一を繰り広げることとなった。

(死は死によってのみ贖《あがな》える。一剣をもって対せば彼我のいずれかに死は結実する。死合え。死合う日々にこそ真の生と死が在り、俺の奉《ほう》ずる神がいるのだ)

大男の意外なほどの抵抗に梃子《てこ》摺《ず》る内に、ベルトランは戦況の激変を体験することとなった。

まずは散々に蹴散らされた味方兵が駆け込んできた。大量にだ。

この包囲網を形成するにあたり後方へ置いてきた輜重隊《しちょうたい》や負傷兵たちである。次いで空の色が変わるほどの矢の雨、石の雨。そして驚嘆《きょうたん》すべき練度の騎馬突撃だ。

執拗で鋭利、縦横無尽にして疾風怒濤の攻撃だった。

大小多寡を変幻自在として分離と合流を繰り返し、エベリアの将兵を百人単位に分断して各個殲滅していくその徹底的戦術は、軽騎兵と重騎兵の織り成す芸術的な代物だった。

人間の欲に彩られて勇者らに襲い掛かっていた帝国軍とはまるで違う。どこまでも合理的に、効率的に、非人道的に……大軍を総滅するための方法論を突き詰めたかのような死の生産だった。

恐るべきは、その方法論の中に勇者率いる軍の救命が考慮されていなかったことだ。むしろ油断と混乱と隙とを生み出すために勇者を利用していた。

戦意なきエベリア後方兵と、勝利に浮かれていたエベリア前線兵と、そして死地に喘いでいた勇者らと……それら三種の兵を密に押し込んで、誰も彼も何もできないよう仕向けておいて、外縁から殺し尽くしていったのだ。

（あれこそ……あれこそは死の具現。そして、その死を導く者は……）

ベルトランは見た。今度はどこで拾ってきたものか剣を振るう大男の猛攻をいなし、敵味方定かならぬ死体を盾にし、血と肉油と脳漿《のうしょう》と糞尿とに塗れながら逃げるその時にあの時に。死の化身のようにして軍を指揮し、死の先駆者のようにして万を殺めていく男の姿を。

ベルトランは見たのだ。死に支配されることなく死を支配し、生きようとせず、さりとて死のうともせず、死を冷徹に大量生産しながらも死に溺れない……降臨した死神の姿を。

結局、その場にいたエベリア帝国兵は誰一人として無事には済まなかった。降伏も認められず皆殺しにされかけ……事実、貴族や士官は一人残らず殺されて……僅かに兵卒や傭兵が数百人ばかり生き残るも全て奴隷となった。

ベルトランもその内の一人である。鎖に繋がれ、労働力として売買された。

そして知ったのだ。狂おしい炎の儀式を……　〝聖炎の祝祭〟を。

エベリア帝国にとっては死神であり、アスリア王国にとっては救国の英雄であったろう男を、国の総意でもって無惨に殺しただけでは飽き足らず、骸《むくろ》を辱め、名を辱め、冒涜の限りを尽くす。

ベルトランはそれを狂気とは見なさなかった。むしろ得心した。さもあらん、と。

死とはそういうものだ！　忌まれ、恐れられ、火をかけられる！

人は産まれながらに泣く。死の気配が始まったことに泣く。知れば終わるソレを避けんと、退けんと欲して文明は形作られる。

死は原動力なのだ。人は予測のできない最大のモノである死から遠ざかろうとする。英知という名の臆病で死という死を隠蔽し、誤魔化し、真実から望んで目を背ける。

ベルトランは確信し、そして信仰するに至った。

彼はやはり死の受肉した姿であったのだと。

戦場の剣の間合いに神を探し求めていた日々は終わりを告げた。

目に見える形での信仰対象を得た。サロモンを殺し勇者を祭った祝祭の日は、ベルトランにとっては神が示された天啓の日となった。ただの独りにして一つの宗教を確立させたのだ。

(古《いにしえ》より神は一度姿を隠したる後に、再びその姿を見せるものとされる。ならば……ならば！)

ベルトランは奴隷主を殺して裏社会へと走った。エベリア帝国へ戻ろうなどとは微塵《みじん》も考えなかった。

敬虔なる信徒として、次なる啓示を求めて暴力の巷で呼吸し、今か今かと待ち続けた。年単位で待ちに待って……いつしか憤りを胸に宿すこととなった。

(ぬるい。世界がぬるくなっていく。勇者を讃《たた》えるのはいい。涙するのもいいだろう。しかし酔い痴れるにしても限度というものがある。我が神への恐怖を忘れかけているではないか。何故もっと罵倒しない。何故もっと冒涜しない。忘却し、どこまでも愚昧《ぐまい》へと沈むつもりか。ブクブクと肥え太り惰眠を貪《むさぼ》る家畜のように！）

ある時から彼は奴隷売買に興味を持つようになった。覚えている者を見たくなったのだ。

家畜たちを狩り、売り払いつつ資金を集めて、神の事業を体験した者たちを買い求める。あの死地に生き残り、奴隷となったエベリア帝国兵たちを。

アスリア王国各地に散った彼ら彼女らは、既に死んでいる者も少なからずいて、見つけたとしても必ずしも彼の神を畏怖《いふ》しているとは限らなかった。それでも探し集め、選抜して手元に残した。

いつしかそのことにも飽いていったが……しかし、面白い出会いもあった。件の大男である。資金集めのための裏家業を営む中で、意図せずして再会したのだ。

大男はいつもつまらなそうな顔をしていた。

（あの男もあの戦場を体験した一人。因縁ではあるが、啓示にはほど遠い些事だ）

ベルトランの酒量は増えていく一方だった。焦燥と憤懣《ふんまん》とが滓《かす》のように降り積もった。

時は無常であり無情だ。信念であったはずのものすらが磨耗する。

ぬるさに憤りつつも、ベルトランは大衆の日常という大河に飲み込まれつつあった。

今宵、この時までは。

◆◆◆

「サロ、モン……」

己の発した言葉に自ら呼ばれるようにして、ベルトランは目の前の現実に立ち戻った。暗い酒場の二階、腐った世の中に幾つもある掃き溜めの内の一つだ。そこに一人の少年が立っている。

（何という……何という目をしている。それは……その目は……まるであの時の……あの！）

灯明の光を妖しく反射する二つの瞳は碧色だ。酩酊《めいてい》に濁っていた視界は痛いほどに澄み切り、そのくせ他の何も見えないで、ただその碧光をのみ映している。

怖い、とベルトランは思った。

嬉しい、ともベルトランは思った。

他にも色々な思いが重なって……気がつけば、彼は膝をついて碧眼《へきがん》を仰いでいた。頬《ほお》を伝う水滴があった。

それは神への礼拝であった。


ベルトラン。その名がマルコの駆け抜ける戦史に登場することはない。エベリア帝国の戦争史においても緑巾のベルトランは勇者討伐戦の中に戦死したとされている。

歴史は彼の存在を認めることがなかったのだ。彼の信仰する神の名も伝わっていない。

しかし、無限の激動を賢《さか》しらにまとめた文言など、所詮は真実の端切れである。わかりようのないものをわかったように、分けられぬものを分け、削げぬものを削ぎ、水の一滴をもって海を断じようとする行為に過ぎない。

信仰の形はそこに確かに在ったのだ。

死を崇め奉る一人の使徒が居たのだ。

死地に啓示を受け、憤懣に禊《みそ》ぎ、碧眼に祝福された男が。

そしてその隠された存在こそが、マルコの偉業を陰から支えることとなる。ベルトランと、彼に見出された者たちとは、歴史の表舞台に立つことなく暗躍するのだ。善悪の彼岸にあって絶対的に君臨する死を崇め奉り、その化身たるマルコの命ずるままに……狂信者として。

さても恐るべきは、当時にして齢六つの少年マルコである。

様子を窺《うかが》っていた大人であるオイヴァが理解することも対応することもできない急転を見せたベルトランの態度……臣下の礼をも超えた在り様に対して、微塵の動揺もなかったのだから。


「その態度や、よし」

告げられた言葉にベルトランは恐懼《きょうく》した。今の自分は不用意な無様を晒しており、それは許されないことだと自認していたからだ。感極まりつつも、叫び出したいほどに戦慄《わなな》く胸を抑えに抑え、ただ畏《かしこ》まる。

「疾《と》く、返答すべし。今夜この町で女性を誘拐したのか、否か」

「は。否、です。俺……拙《せつ》は与り知らぬことです。今宵この町にいる徒党は一階にいる者たちのみであり、残りの者……腕の立つ者や奴隷売買を担当する者は、現在、領都へ滞在しております」

「何故か」

「は。領都にて近々奴隷大市が開催されるからです」

奴隷は高価な商品であり、金貨なしにはいかなる取引も行われない。アスリア王国に流通する金貨は大金貨と小金貨とあるが、一般的な労働奴隷の価格で小金貨十五枚程度であり、白銅貨で払うならば千五百枚に相当する。青銅貨ならばその十倍の枚数だ。天井知らずの市場でもあり、最高級の奴隷ともなると大金貨すら複数枚が用いられるという。大金貨一枚は小金貨百枚に相当する。

一方で維持費のかかる商品でもあることから、奴隷市は富裕層の住まう都市部にしか常設されることはない。ヘルレヴィ伯爵領内では領都の他には大町が一つあるきりで、ベルトランが根城とするこの町においては冬の初めに一度開かれるだけだ。理由は簡単で、その頃に多く新商品が市場に供給されるからである。貢納《こうのう》に失敗する者は後を絶たない。

あの運命の死地におけるエベリア敗残兵を求めるベルトランにとって、重視すべきは常設市だ。新商品などは転がして利鞘《りざや》を稼ぐ物品に過ぎない。

様々な現場……それは貴族の寝所から猛獣の餌場まで多岐に及ぼうが、いずこであれ既に酷使されているであろう奴隷が再び市場へ流れることがごく稀にある。そこに求める奴隷がいる。常時奴隷が商いされる領都で不定期に開催される大市は、そんな奴隷を発見しやすいものだった。

しかし、彼のそんな事情は少年には関係のないことであった。

「ならば、用もなし」

踵《きびす》を返して立ち去ろうとする背中に、ベルトランは一瞬呆け、直後に吠えるようにして追い縋《すが》った。

「お、お待ちください！　どうか……どうかお待ちください！」

応答の声もなく、ただ頬のみを肩越しに見せた少年に対して必死で訴える。

ベルトランは奇跡がいかに得難いものであるかを心得ていた。恥も外聞もない。そもそも恥でも何でもない。己の腰ほどまでしかない少年へ、その踵に縋りつくような有り様で、乞うた。

「心当たりがあります！　今宵この町で女を拐《かどわ》かして兵の動かぬ者となれば、一人があるきりです！」

「いずれかの男爵であるか？」

「おお、然りであります。しかし件の男爵当人であることはあり得ぬのです。その者もまた領都の大市を目的にして屋敷を空けているからです」

「……その家人か」

「おお、おお！　然り！　然りであります！　であればこれは裏影に生じた事態であり、そこに主《しゅ》のご意向を反映なさるおつもりであるならば……どうか、拙めに御命じくださいますよう……どうか！」

主と呼ばれ、命令を求められたことが気を引いたものか……少年は振り返った。その瞳に今は烈光を控えつつも、奥には変わらずの死を在したまま、答えはもたらされた。

「できるか」

「は。売買とは流通なくしては成せぬもの。悪を知るは悪であり、それら悪は決して孤立してはおりませぬ」

「如何にして」

「は。狐を虎の罠に締め上げて」

碧眼の上で眉が小さく持ち上がった。それは届いた証だ。

「では命ずる。今夜この町で攫われた、キコ村の女ハンナを救出せよ」

信仰は成った。歓喜が始まった。

「主の御心のままに……！」

緑巾を締めなおして死奉の剣士は立ち上がった。階上の異様を察し静まっていた徒党へ指示を飛ばし、三々五々と夜の街へと駆け散らせていく。男たちのみならず、女たちもまた行かせる。

ベルトランの放つ迷いない気迫が伝播《でんぱ》したものか、手練の二人はともかく、残る与太者たちまでもが機敏であった。

この夜にこそ勇躍すべしとベルトランは奔った。己が身を疾風の如くに感じていた。


徒党の消えた店内に二人、マルコとオイヴァが残った。

「何がどうして……どういうこった？」

しばらくしてようやく問えたそれに対し、童の笑顔が答えたものである。

「親切な人たちもいるものですね」

手に持っていた木剣を放り投げ、大男は盛大に喚いた。

そんなわけあるか、と。

◆第六話　奇縁によりて善悪を糾う

すぐに確認はとれた。やはり男爵家の紋章を刻んだ馬車が街路で目撃されており、それは既に屋敷へ戻っている。

拉致現場からも証言がとれた。望んで貴族を敵にしたいものなどいないが、遠い不安よりも目先の命の危険を重視するのは当然である。

ベルトランは口の端を歪めた。

「ふん……浅墓《あさはか》なことだ」

それは誰に向けられた言葉であったか。

ベルトランは男爵の屋敷の門前に立っていた。単身である。

中へ取次ぎを頼んでから然ほどの時間も経たず、慌てたような足音が近づいてきた。木板の覗き戸から初老の男が目を覗かせる。

「何の用だ。世間の目があるのだから、呼ばれてもいないのに訪問されては困る！」

男爵家の家令だ。ベルトランとは顔見知りである。その目は血走り鼻息も荒く、見慣れた澄まし顔からすると甚大な変容だ。

込み上げる可笑しさを堪え切れず、ベルトランは軽く喉を鳴らした。

「何が可笑しい！」

お前の品性がな、と内心で返答するのが精一杯だった。嗤《わら》う。

この男爵家とベルトランとの付き合いはそれなりに深く、それは男爵の性癖に関わっている。

色を好み情事に耽る貴族は珍しくないが、男爵の場合は野の花喰いという偏執が付加されているからだ。

美男子として知られる男爵は、社交界にも高級娼婦にも目もくれず、垢抜けない平民以下の素人女を専《もっぱ》らに抱きたがる。

それは個人の性癖をどうこう論じる気のないベルトランをして、奇妙さを印象付けられる事実だった。

ある日、男爵より奴隷売却の話がベルトランに舞い込んだ。

品物を確認してみれば普通の村娘で、しかも自らが奴隷として売られることをまるで理解していない。笑顔すら見せて旅の行程などを尋ねてくる始末だ。そこに無知と無恥との協和音を聞いたベルトランは、やはり唇の端を歪ませたものである。

町で、村で、昼に、夜に、男爵はご丁寧にも自ら獲物を口説いてまわっていたのである。

力ずくではない。まるで物語に登場する運命の王子のようにして純朴な娘に夢を見せ、頬《ほお》を染めたそのままに連れ去る。

そして何夜とも知れぬ幻を楽しんだ後、やがては飽いて捨てるのだ。最後の瞬間までを騙しきり、かけた費用の内の幾ばくかを回収するように奴隷として。

女らの転落を愚かなことだと思うと同時に、ベルトランは興味深くもあった。

地に足をつけて生きていけばいいものを、降って湧いたような幸運が自らに訪れると夢想し、最後に悲嘆へと墜ちる無智な女たち……その過程はいずれも濃密な生の気配に満ちていて、どこまでも死から遠い。

彼女らは恥辱で死ぬほどに柔ではないのだ。

それは野の花のしなやかさというものだろうか。それとも別の何かだろうか。いずれにせよそれが強さであることは間違いなかった。

また、そんな女ばかりを選り抜く男爵の人物眼にも感心していた。

何事も拘り精通すれば敬意を払うに足る。全ての女がそうではないとベルトランは知っているからだ。

彼の母が証拠である。

エベリア帝国の貴族の家に産まれたその女性は、屋敷を訪れた吟遊詩人と駆け落ちしたつもりでいて、娼館へと売られたのである。

発見された時には見るも無惨な有り様で一人の赤子を抱えていた。

親族会議が行われていたその晩に遺書もなく首を吊ったという。

その後、赤子は教会の孤児院に育まれて……一振りの剣を持つに至るのだ。

（奴隷制度は人の業。関わり方で人物が見える。俺にとっては金を得るための手段であり、死に至る病であるところの絶望を観察するものだ。男爵にとっても欲の捌け口であるだけでなく、何かし

ら求めるものがあるように思えるが）
暗がりに結ばれた悪徳の関係は、心密かながら、互いに通じるものがあったのかもしれない。

ベルトランは嗤う。嗤わざるを得ない。くつくつと喉が鳴る。

「うるさい、黙れ！　早く要件を言うか、立ち去るか、しろ！」

覗き戸から離れることもできずに怒鳴る男は滑稽だった。

唾が物理的に遮蔽されているのは幸いか。いや、全身が見えないことが幸いだとベルトランは納得する。もとより腹芸は得意ではないのだ。

腹筋を動員して衝動を抑え込み、努めて平静な声を出すようにする。

「要件も何も……いつも通りに払い下げを受け取りに来ただけだ」

「な、何を馬鹿な……男爵様は居られないのだぞ！」

「そうだな。にもかかわらず、馬車は走り俺が来る……お得意様だからな。呼ばれずとも参上するくらいの心遣いはある」

笑みを表すのは口元ばかりとして、ベルトランは少し眼光を強めてやった。

多くの言葉を吐き出そうとしたらしい家令は、それを言えずにへどもどと百面相を披露し、やがて静かに戸を開いた。

平静を装うこともできない鼻息の荒さを見て再び込み上げるも、ベルトランは鼻を鳴らすだけで済ませた。門番に剣を預ける。

「鼠《ねずみ》はどこにでもいるのだな！　餌を嗅ぎつけるのが上手いことだ！」

「同感だ。必ずしも餌を喰えるとは限らんが」

モゴモゴと悪態をつく様はいちいちが滑稽で、無手の剣士は口元に笑みを浮かべ続けることとなった。

先を歩く家令の身なりをしげしげと見る。

いい服だがお仕着せだ。家格から見れば妥当な配給品である。

武芸を知らない貧相な体躯を包み隠し、相応の権威を表しているが、着装の乱れを隠しきれていない。汚れも払いきれていない。股間を見ないのは情けか。

「……こっちだ。突然来たのだから何も問うまいな？」

屋敷には入らず裏手へと先導されていく。

いつもならば奥まった部屋で娘と対面するのだ。そして多くを語らずに連れ去ることとなる。

全ては家令の監督する元で行われ、男爵がその場に顔を出すことはない。しかし明確に男爵の意図によって行われる取引なのだ。

そうであるからして、これは家令の独り走りでしかない。

案内されたのは倉の一つで、埃《ほこり》と黴《かび》が臭うその内部の壁際に縮こまっている女がいた。

音で気づいたのだろう。慌ててベルトランの方を見るその表情には怯えしかない。

悲鳴すら出せない様子だが、着衣がはだけるなどしたところはなく、それはベルトランを安堵させるも意外なものでしかなかった。

間に合ったようではある。しかし家令を梃子摺《てこず》らせたものは何か。

その答えは女のすぐ脇に転がっていた。

襤褸《ぼろき》切れの塊のように見えていたそれは、見れば一人の少女であった。

酷い有り様である。

猿轡《さるぐつわ》を噛まされ手首と足首とを縛られているが、そのやり方は下手糞なわりに過剰で、特に手の方は血の巡りがかなり悪くなっている。服は泥だらけで損傷も激しい。

本人も消耗しているのか、身を起こすこともできない。

首を捻り睨みつけてくるが、髪の乱れたその顔には殴打された痕が目立ち、血と涙とで汚れている。震えてもいるようだ。

それでもベルトランに対して敵意を露にすることをやめない。

小さく弱々しいながらも、そこには戦う者の気概が燃えている。

「女の連れのようだが、どうも馬車にしがみついていたらしくてな。ガキめが、大人しくしていればいいものを、暴れるわ噛みつくわ始末におえん。気性の荒い野良犬娘もあったものだ。これも払い下げる。早急に持ち去るがいい」

早口に捲くし立てる家令を一瞥し、ベルトランは少女の方へ近寄った。

するとそれまで静かに震えていただけの女が動き、少女にかぶさるようにして背中を晒したのである。

ふと察して、どうやら身を挺して庇うつもりらしい。

ベルトランは家令の胸元を見やった。

背から見ては気づかなかったが懐刀の類を潜ませている。

どちらを人質にどのように脅したものだろうか……ベルトランは嗅ぎ慣れた悪徳の臭いの中でも特に下卑たものを感じて、ごく僅かにその目を細めた。

視線の先では家令が意味もなく手を動かし足を動かししている。

「な、何だ。汚れたガキでも貴様らは商売にするものだろうが」

返事はせず、身を寄せ合うような二人に歩み寄った。

そしてどちらともに聞こえるよう、顔を近づけて小さく伝える。

「キコ村のハンナだな？　お前の身を案ずる御方の命により助けにきた。黒髪碧眼《へきがん》の御方だ。わかるな？　わかったら大人しくしていろ。命に代えても助けてみせる」

女も少女も目をまん丸に広げて固まったようになった。

暴れ出さないことを確認してから、少女の手足を拘束する縄を解いた。

丁重に立ち上がらせ、よろめくところを補助し、更には己の外套《がいとう》を纏《まと》わせる。

女に目で促したところ、抱き締めるようにして少女を引き受けた。

その一部始終を見ていた家令もまた目を丸くしていた。

「み、見事なものだな……下郎には下郎の技があるものか……」

二人が大人しく従う様子に心底驚いたようだった。

ベルトランは嗤いを喉の奥に飲み込む。

(純朴に物欲しそうな顔をする。それはつまり、お前の程度がそこにあるということだ。お前が権

威を笠に着て見下す下郎という人種……それを見上げて憧れる程度の下種ということだ。持ち前の品性がな）

笑気が生む言葉の数々は決してベルトランの口から漏れ出ることはない。使命を帯びた身であれば、すべきことを優先する自律は断固として揺るぎ難くある。

「……慣れぬことはせんことだ。これに懲りたら娼館へ行け」

言い捨てて、しどろもどろとなった家令を倉に残して外へ出た。

少女が唸《うな》って猿轡を取るように要求しているが、ベルトランはそれに応えない。手間を増やす油断をしない。

（悪党ならここで終わる。しかし下種なら続きがある……そら）

果たして家令は俄《にわか》に怒気を発し、追いすがってきたものである。

「ま、待て！　貴様、金を払っていないではないかっ！」

枯れ木の枝のような指がハンナの肩にかかろうとしたところを横から掴み取り、ベルトランは何の躊躇《ためら》いもなくその五本の内の一本を圧し折った。

僅かな沈黙の後、甲高い悲鳴が夜空に情けなく放たれた。

その発生源である家令の顎を手で捉えて、握力を加えつつ告げる。

「お前は主人の居ぬ間に猿真似で悪をなし、それに失敗したのだ。もはや女も金も手に入らん。悪の証拠を悪に握られたこの上は、以後の人生に惨めの他の色合いはない。絶望しろ。主人を欺《あざむ》けると考えたお前は、既に主人の力の庇護下にない。お前は試されていたのだ」

ベルトランは懐から一枚の羊皮紙を取り出した。涙と涎《よだれ》で湿った眼前に見せてやる。

男爵の筆跡で書かれ男爵家の押印で結末するその内容が、家令であった男を打ちのめしていた。

己の留守中に払い下げがあった場合は家令を解雇するという宣言書である。

「悪行と愚行とは別物なのだ。追ってきた以上は見逃しにもせん。新たな家令の元へ挨拶に行こうではないか。退職金が出るそうだが、それはこちらで頂戴しよう」

痙攣《けいれん》し嗚咽《おえつ》する男を引きずっていく。

やっと猿轡を外された少女もハンナも、どちらもその顔を青褪《あおざ》めさせて、屋敷を出るまでの間を一言も話さずに従っていた。

◆◆◆

「あの……貴方はマルコくんに頼まれて来たのですか？」

酒場への道すがら、最初に口を開いたのは少女の方だった。

「マルコくんは無事ですか？　どういう関係なんですか？」

それは奇妙に必死な問いかけに感じられて、ベルトランは思わず振り向いてしまった。

ハンナに支えられて弱々しく歩くその少女は、傷も痛むだろうに、眼差しに挑むものを込めて言葉を発している。未だ疑っているのだ。

ベルトランはそれを見事と思った。衝撃的な現実を受け止めきった証であるからだ。

「どうしたんですか？　答えられないんですか？」

しかしどこまでも童の見事に過ぎない。ベルトランはその小さな威嚇者《いかく》を観察してみた。

年齢にして七、八歳といったところだろうか。まだまだ幼いながらも手足は長く、容貌《ようぼう》には美しさの蕾《つぼみ》とでもいうべきものが宿っている。髪が豊かなことも美点だ。ただし日常の手入れは不得手のようで、左右非対称な癖がついている。

奴隷市であれば掘り出し物になるだろうと思われた。化粧に頼らない美貌とは往々にして幼少期より発現しているものである。

「な、何よ……だんまりで、何なのよ」

気の強いところも見込みがあった。

およそ気の弱い人間には大きな仕事を成すことなどできはしないものだ。他との競争であれ、克己《こっき》であれ、世に自らの力を発揮するためには果敢さが必要となるからだ。

ベルトランは知る。戦いにおいてはそれが顕著であると。強く在ろうとしない者に勝利などありはしない。

それに……とベルトランは口の端を歪めた。

この少女には他の何よりも大事な資質が備わっている。それがなければ場合によっては敵であり、それがあるならばたとえ童といっても同志であり味方である。

「うわ、怖い顔……やっぱり、悪者なんじゃ……！」

警戒を強めたその少女に、ベルトランは真摯に話しかけた。

「主《しゅ》にはこの先の酒場でお待ちいただいている。俺はお前たちを送り届けるためにはどんなことでもするつもりだ」

「え……えぇ？　それってどういう……？」

「うろたえるな。お前も主に導かれる者であろうに」

そう言ってやると、やはり少女はその顔に神妙を浮かべるのだ。

驚嘆《きょうたん》や興奮は幼き未熟の避け難きものとして見逃そう。ベルトランは目でそれを伝えた。その神妙さえあればお仕えできるのだと。

「ちょっと意味わかんないけど……でも、ちょっとはわかっちゃうかも」

「学ぶことだ。知は力なり。その貧弱では何もできはしない」

「ひ、貧弱って……これでも頑張ったもん！　私、頑張ったもん！」

「経過に意味はない。結果が全てだ。その意味でお前は此度働いたと言えるが、力さえあったならばそのような怪我を負わずによりよい結果を出せたはずだ。向上心を忘れぬことだな」

信じ仰ぐ者を同じくすると感じているから、ベルトランは誠実をもって説いた。幼い頭にどこまで伝わったものだろうかと思う。

少女は黙り込み、考えを深めている様子だった。それは年の頃を思えば聡明だろう。ゆくゆくは主の力として育つかもしれない。

「童よ、名を聞いておこう」

「え？　ああ、エルヴィ……」

心ここに在らずといった風である。傷の痛みも忘れているのかもしれない。

ベルトランは多少の助力をすることすらもやぶさかではなかった。この少女のお陰で救出は大なる成功を収めたからである。

その成果というべき女、ハンナのことをベルトランは見た。何やら呆けたような様子である。

「あの……お名前は、何というのですか？」

瞳を潤ませ頬を染め、少女の真剣とは全く別の在り様でもって問うてくる。

ベルトランは口の端を大きく歪めた。

応え方にも幾つかあるが、今宵この特別な時間を過ごす身であれば、労を惜しむつもりはまるでなかった。

腹芸に慣れない色も混ぜよう。男爵に肖《あやか》って。

◆◆◆

「今夜の事件は僕の不注意が招いたものです。自分が六歳であるということを、僕はもっときちんと認識するべきでした。どう見られどう扱われるかという、そのことを」

灯明に照らされて酒肴の卓を囲む三人の、その上座からマルコの言葉が流れた。

吐息に混じるのは自嘲かそれとも侮蔑《ぶべつ》か……下座のベルトランは畏《かしこ》まって拝聴しつつ杯を吸っていた。求められる前に発言することなどあり得ない。

横合いに座るオイヴァが奇妙な表情でもって答えた。

「普通、六歳はそういうこと言わないけどな」

寝惚けたことを言ったものだとベルトランは思う。

奇縁からこの夜を共に過ごしているところの大男であるが、かつても今もどこかしらが鈍い。大層な体格と武術を我が物にしているというのに素朴なことである。

そしてそのことは今夜の酒の味を落としはしなかった。

「あの女の子の怪我も見た目ほどじゃなかったしよ。ま、気ぃ落とすなって」

「それも迂闊《うかつ》でした。もしも彼女に銅貨の数枚も持たせていたなら、あるいは今少し立ち回れたかもしれません」

「あ……投げ銭ね。教えてあるのね、あれを。へ、へぇ……」

全然気落ちとかはしてないのね、などとぼやいてオイヴァは酒杯を呷《あお》った。

ベルトランとしても鼻先に生じかけた笑いを杯の裏に減じたものである。

「お金ってよ、武器じゃないからな。普通は」

更に食い下がった大男へ、碧眼は笑みの形に細められた。

「何を言っているのです。いつだってお金は強力な武器ですよ。欲望のための欲望であるがゆえに人心を惑わし、交換を媒介する記号であるがゆえに必要物資を効率的に集め、社会を巡り経済を循環させるがゆえに人の営みを縛り未来を方向付けます」

歌うようにして言い、そして鮮やかに微笑むのだ。

「僕たちの日常はお金なしに動きません。しかも大きさ、形、重さと実によくできています。隠しやすく投げやすい。そうでしょう？」

いつの間に取り出したものか白銅貨の一枚を宙に投じ、その回転が卓へと落ちきる直前に素早く両の手を差し出して交差させた。

落下音はない。開かれた手のどちらにも白銅貨はない。

ベルトランは見事と心中に呟《つぶや》いた。暗器とはそういったものである。

「……とんでもねぇ六歳もいたもんだ、まったく」

当然のことを口にする愚を犯すものだとベルトランは思った。

彼を認識することに世の尋常を当て嵌《は》めていいはずがない。

紡がれる言葉の深奥へと思いを馳せることなしには彼の声を拝聴していいはずもない。

凡愚に甘んじる者は彼の視界に映りもしないだろう。

それが道理と確信しつつも、しかしベルトランは酒の美味さを舌に感じてならない。ベルトランにとってこの大男は充分に認めるに値した。

強さも知れば気質も知るが、何よりも強運の持ち主なのだ、このオイヴァという大男は。

その運でもってかつては勇者落命の死地を生き残り、今は至上の出会いをばベルトランにもたらしたのである。幸運の使者だ。

ベルトランは酒が進んでならなかった。酔いはしない。心酔が既に在って肉体の酩酊《めいてい》になど左右されるものではなかった。

「時に、ベルトラン」

「は」

畏まり返事をしたところ、声変わりも未だ遠い彼の喉からは、どうしてか精一杯の低い声が聞こえてきたのだった。

「ハンナに何を話したのですか？　大変に様子がおかしいのです」

「村娘には刺激の強い夜であったかもしれません。気の塞ぐこともありましょう」

直視しての返答は憚《はばか》りがあった。

ベルトランは座礼ながらも威儀を正して己の考えを述べたが、しかし納得はしてもらえなかったようだ。低い声が続けられる。

「塞ぎ込むどころか夢見るような顔をして、心ここに在らずですよ。僕に対する態度も妙に丁寧になりましたし……他の連れたちも首を捻っています」

説明され、ようやくベルトランは得心がいくのだった。恐れながらと前置きし、己の仕事についで報告する。

横目にはオイヴァが口を挿まぬ心遣いをしつつも困惑の八の字眉を表している様子が見えていた。

「主は世間に対して仮面をかぶっておいでです。その深慮遠謀《しんりょえんぼう》には感服するより他にありません。しかし御身の尊きを鑑《かんが》みるに、日常において側仕えする女が侮《あなど》りを見せるようではなりません。真なるところは知らせず、間接的に姿勢を改めさせただけにございます」

返される言葉はなく、ベルトランはついと様子を窺った。

童の手のようでいて、その実、凡人の届かぬ先の死を左右するだろう指が、閉じられた碧眼の脇に添えられていた。再び開かれた双眸《そうぼう》は半眼にして、頬が少し膨らんでいる。

既に万騎を統率する者の威風がある……ベルトランは再び目を伏せ、ただその威光に浴するのみである。

「ハンナはよくも悪くも頑固です。おいそれと白分の考え方や態度を改めるとは思えません」

「は。然りにございます。学なき者の常として慣習に囚われ真なる権威を理解しない気性でありますれば、主こそは拙の命をお救いくださった恩人であると教えましてございます」

「……要するに、貴方に惚れたところを逆手にとって、僕を敬うよう仕向けましたね？」

「嘘は申しておりません」

そう、嘘ではないのだ。

赤心を晒して振り仰いだならば、ベルトランの視界には碧色の二つ月が燦然と輝いている。

(俺の信仰は既に報われた。死を統べる者の足下に跪《ひざまず》く喜びを得ている。もはや霧の中に手探りで凍えることはないのだ。無明の闇をも心安らかに進んでいける……おお、主よ！)

ゴトリと音が鳴った。オイヴァが酒盃を置いたものか。

「わけがわからねえ。まるでわからねえが、アレか？　マルコとベルトランは主従の契りを結んだということでいいのか？　俺らが乗り込んできた時のやり取りがソレだってんなら、俺は証人ってことになるのか？」

少年の姿をした彼は小さく溜息をついたようだった。

ベルトランは声で答えずただ笑むのみである。

大男はそのどちらをも踏襲してみせた。まず溜息をつき、次にニヤリと笑って、そして哄笑《こうしょう》したのだ。

「いいさ！　どうにも面白くねえ道理がはびこる世の中だったんだ。お前らみてえな無茶な主従が生まれるのも、いいさ！　いいモンだ！　俺ぁ、祝福するぜ!!」

月下に冬の寒風が混じり冴え冴えとしていくその夜に笑う。

悪徳を生業とする者らが集った酒場の階上の一室で、その後の人生を共にする三人は笑い過ごしたのである。

マルコ。オイヴァ・オタラ。ベルトラン。

陽が昇る頃にはそれぞれの在るべき場所へと別れていく男たちが、再び結集するその時、大陸は恐るべき武装集団の鼓動を聞くこととなるだろう。

「一人、探して欲しい人物がいます」

マルコが最後に依頼したことがある。

ベルトランにとって絶対の命令であるそれは、彼の信仰心を昂らせる内容だった。命に代えても達成すると誓い、事実、ベルトランは命懸けでその任務を遂行していくこととなる。

「銀髪紅眼で浅黒の肌をした女性です。お察しの通り、北の大氷原に住まうとされる少数民族に出自のある人物で、名はジキルローザ。かつてはアスリア王国軍の義勇軍に所属していましたが、今はもう軍を離れていると思います」

北へ帰ったということもないでしょうと続けたマルコは、更に付け加えた。

「彼女はサロモン・ハハトの副官を務めていた……そう説明した方が貴方にはわかりやすいでしょうか。一時的に教会に捕縛された可能性はありますが、無事に解放されているはずです。最初の足取りとしてはそこから辿るといいかもしれません」

魔眼のジキル。

サロモンの股肱の臣として戦場を駆けた女傑の異名である。

第七話　草食みと肉食みと牧童と僕

穏やかに頬《ほお》を撫でる風には花の香が乗っている。

見れば、垣を作る草壁には赤、白、桃色のチュール花が群れ咲き誇っていて、その艶《つや》やかさは春の力強さと近づく夏の気配とを感じさせるようだ。

それが久しぶりのことであったから、彼は思わず声に出していた。

「いい村だ。土に力がある」

そう言って微笑んだ男は、馬上にあって心身を優雅に寛《くつろ》がせていた。

それはあるいは擬態と言われるかもしれないが、嘘偽りのない彼の自然体である。見ればわかろうものだ。何も構える必要などない。

青い外套《がいとう》の下に着込んだ鎧と腰に帯びた剣、そして鞍《くら》の後ろに結わいた長柄が彼の武人としての力量と年季とを示している。どれも実戦的な代物で使い込まれている。

彼は村の風景をつらつらと眺めつつ行く。

そこへ慌しく駆けつける数人があった。身なりからして村長とその他であろう。

そう見当をつけた彼は、しかし馬から降りることもなく男たちを待ち受けた。

「遠路はるばる、キコ村までようこそおいでくださいました。村長のヘルマンです」

「そうか。ヘルレヴィ領軍中尉、アクセリ・アーネルである。出迎えご苦労」

見下ろして視線をぶつけ合い、アクセリは内心で感嘆の声を上げた。

強い。初老の域に達してなお壮健な身体はいかにも農業従事者の有り様だが、強い土の匂いの奥に魂の骨格とも言うべき頑強さが感じられる。

誇りであろうか、それとも自負であろうか。

(やはり戦乱期の開拓村は芯が強い。独立不羈の精神があるな)

賞賛しつつもそれをおくびにも出さないで、アクセリは村長たちをねめつけて見せた。

いっかな下馬しない態度に戸惑いを見せつつも、村人の一人が馬の轡を取ることを申し出てきた。神妙な様子である。

鷹揚《おうよう》に頷いて、アクセリは腰の剣帯をこれみよがしに揺らせた。ガチャリと鳴った音が跳ね返ってくる様を、村の男たちの反応を見るためである。

「……中尉殿は今夜の夕食を、我々と共にしてくださいましょうか?」

村長は僅かに肩を強張らせつつも、その目には怯えなど見せなかった。

重心の運びや間合いの取り方からして武術の心得はないのだろうと推察できる。それでも腰の引けないところはアクセリの期待通りだ。

「村の調査には三日ほどを予定している。歓待など無用だが酒を出してもらえると嬉しい」

「では拙宅にてお迎えさせてください。案内はご入用で?」

「感謝する。案内については明日から頼む。今日は自分の目のみで見て回ろうと考えている。村長殿の話は夕食後に聞くとしよう」

言うなり、アクセリは軽快に下馬してみせた。村の土の感触は足にもどこか心地よかった。

馬と荷物を頼む、そう言い置いて歩き出す。

追われることも咎《とが》められることもない。これは王権に基づく正規の任務だ。

アクセリが領軍から派遣されてきた目的、それは奇妙な発展を見せるキコ村を検分することである。年貢の納入義務を果たし続けている……中小村落で唯一果たし続けられる理由を調べるための巡察だ。

ここ二年ほどは大氷原からの越風が強く、アスリア王国の北部には冷害が広く蔓延している。風に混じる瘴気も濃く、地は産する力を弱めるばかりである。

麦の不作のみならず飼葉の確保にも支障をきたす始末で、大規模畜産や軍馬こそ維持されるものの、中小の村々では家畜の冬越えさえままならない有り様であった。肉の価格は一度安値の底を見せて、その後は高騰を続けている。

貢納《こうのう》は病み、生産物の流通は細り、奴隷市場だけが極彩色の盛況を見せた。

治安の悪化は遠からず賊の頻発を生むと読んで、ヘルレヴィ領軍は即応部隊を増強したほどである。実際、アクセリも馬賊との交戦を経験していた。

(賊の馬までが良馬というのは馬産地の皮肉だな。あの機動力は一級品だ)

アクセリは輸送隊の護衛任務を思い出していた。

二個小隊百人を率いていた。早い段階で賊に追尾されていることを察知し、昼に夜に襲撃への備えを続けたものだ。油断したつもりはなかったが、しかし賊が相手ということで高を括っていた点は否めない。昼食前の僅かな緩みを衝かれた。

賊が軽騎兵のみで構成されていたことも驚きであれば、その練度が高かったこともまた驚きであった。速く、鋭く、そして整っていた。

歩兵主体の部隊では撃滅は困難と見切りをつけ、防御に徹することで荷物を護り抜いたが……その結果は、部隊指揮権の剥奪と閑職への左遷である。

職務への怠慢《たいまん》と賊への怯懦《きょうだ》が理由とされた。

前半はともかくとして、後半については返す言葉もないとアクセリは感じたものだ。

無謀や蛮勇は彼の忌むところであるし、賊の精強さに恐怖を覚えたこともまた事実である。

それまでの被害や、その後も討伐の叶わない状況はアクセリにとって追い風とはならなかった。

彼の戦果は相対的な価値を増していくのだが、一度領主が罰した以上、今更あれは間違いであったと再評価されることなどあり得ない。

領主たるマティアス・ヘルレヴィ伯爵にそんな度量や器があるとは、少なくともアクセリには考えられなかった。

結局、彼の現状は使いっ走りの辺境巡察官だ。

領軍中尉という階級からすれば不当不遇なその役職を、しかし唯々諾々《いいだくだく》として勤めるアクセリである。むしろ楽しんですらいた。

「……沼の淀みに比べ、ここら小川は水も風も清々しいばかりだな」

呟《つぶや》きつつの散歩は心地よく、しかも興味深いものだった。

村に廃屋は見当たらず、家々にはキケロ鳥が飼われている。

干された洗濯物の中には染色された物も交じるようだ。

アクセリを見て驚いた様子の女性……口元を隠すように上げられた手の、その指はひび割れず爪先も滑らかに整えられている。

（地と人と、どちらがどちらを豊かにしているものか……これは確かに調査すべき何かがある。もう少し人を見ておかねば見誤るだろうな。畜舎と牧場はどうせ隠しようもあるまい）

家屋に遮られた向こうから子らの歓声が聞こえてきていた。

そちらへ足を運んだアクセリは、そこに予想だにしない風景を見ることとなり、立ち尽くすのだった。

それは遊戯であって遊戯ではなかった。

二十人ばかりの少年少女が幾人かに分かれて楽しげに遊んでいるのだが、その内容はアクセリの知るどのような童遊びとも違っていて、そのくせどれも見入ってしまうような妙味がある。

児戯と流せない理由を考えたアクセリは、それを遊びに秘められた意味や意図として見出した。

とある子らは棒きれを振り回して遊んでいるが、それはチャンバラではない。恐らくは木製だろうが、とにかく固形の輪っかを棒に引っ掛けていて、それを飛ばして飛距離を競っているのだ。

棒の振り方は自由のようだが、棒自体の重さを利用するためか上から下へと振り下ろす子が多い。

（あれはコツがいるな。遠くへ放るためには高低よりも奥行きだ。手前から遠くへと、こう、手の内を工夫して切っ先を速め……切っ先だと!?）

思わず自分でやることを想像していたアクセリは、そこに己の修得した剣の技術を見出したのである。力任せでは勝てない遊び……剣術に通ずるコツを必要とする遊びなのだ。

事実、大きな子が棒を振るう様は鋭い。農業のソレのように腰の浮く振り落としではない。重心を低くして、剣を釣り竿で釣り針を飛ばすが如くに振り抜いている。

あれは斬れる、とアクセリは判断した。

また、とある子らは追いかけっこをして遊んでいるが、それも未知の競い方だ。数人ずつ同数に分かれ、互いに相手の背中を触るべく走っている。背中を触られた子は脱落するというきまりの遊びのようだ。

この場合、孤立は敗北を意味する。固く隊伍を組み、いかにして相手の隊伍を崩すかが勝敗の鍵となっているからだ。そこに費やされる創意工夫には兵法の趣《おもむき》があった。

片方の集団が横に広く並ぶのに対して、もう片方の集団は塊になって勢いよく走り出した。横列を中央突破して左右いずれかの分集団を囲む狙いか。

相手もそれを察して分散し、別の場所に集合することで難を逃れようとしている。足の遅い一人が目をつけられたようで、たちまちに囲まれた。

しかしそれ以外は離脱して別所に合流、最少の被害でもって立て直した。

アクセリは唸《うな》った。一人一人を部隊と見るならばまるで戦である。一人一人のままに見ても、小規模集団戦の妙があった。

最後に、最も幼い集団だ。

走り方にもたどたどしさの残る子らを一人の少年があやしているようだが、それを見た時、アクセリは思わず感嘆の声を上げていた。

あどけない手足が幾対も、ケタケタと笑いながら少年に触れようとする……幼児特有の拙さと予想外な動きとが密集したそれらを、少年はスルスルと流麗に避けていく。

毛一筋の間隔を泳ぐ絶妙な見切りだ。

子らは触れたつもりが触れていない不思議に、一層笑って手を伸ばす。

少年の動きには一切の澱みと硬さがなかった。頭の位置も上下しない。重心の移動といい運動の連続性といい、相当に熟練した摺《す》り足である。

背後からの手も全てが見えているかのように回避を重ねていくが、よく見ればそれは鋭敏な察知だけでなく予測と経験がものを言っているようだ。熟練した戦士の動きである。

小さき子らが嬉しげに声を上げながら少年に群がり続ける。夢中になって触れようとする。

少年もまた微笑みを浮かべているものか。くるりくるりと身を翻《ひるがえ》しながら、決して触れさせない。

少年の黒髪がサラサラと揺れる。

まるで天使と妖精の舞踏のようではないか……そう感じ、アクセリは立ち尽くし見入っていた。

◆◆◆

「それで、中尉殿におかれましては僕にどのような御用でしょうか」

「いや……用というほどのことはないのだが」

真っ直ぐに見据えてくる碧眼《へきがん》に、アクセリは気圧されるものを感じていた。

木立の下に草花が絨毯《じゅうたん》のように広がっている場所へ二人並んで座るまではよかったが、その後が上手く運ばないのである。

巡察にきた軍人に対していて、少年にはまるで動じる素振りがなかった。

むしろアクセリの方が何かしら手に汗を握る心地である。

この少年は只者ではあるまいと思いつつも、それにしたところで童には違いないだろうとも思い、結果として強い違和感が生じている。それがために予測のつかない居心地の悪さがあって、何とも狼狽《ろうばい》を誘われるのだ。

少年が他と違うことは明白だった。

身綺麗な格好をしているからではない。

見事な体捌きを習得しているからでもない。

アクセリが気にかかって仕方がないのは少年の眼差しだった。

それこそ天使のような容貌《ようぼう》をしているというのに、そこだけが得体の知れない迫力を放っており、つまるところ違和感の原因となっている。

その碧眼には童の常であるところの夢想や甘さなど欠片もなく、さりとて屈した者の諦観《ていかん》や酔狂もない。まるで碧色の湖面が凪《な》いで鏡の如くあり、その奥に無明の闇を湛えているかのような……何かしら霊妙なもののように感じられるのだ。

これが人の、ましてや童の目だろうか？

深く深く吸い込まれそうな気分になって、アクセリは視線を畑の方へと逃した。

そこには神秘を払う健やかな風景が広がっていて明るい。春蒔《ま》きのメコン麦が緑色の葉を広げて茂っている。未だ穂をつけるには至っていないが、風にそよぐ葉波の健やかさは秋の収穫を期待させる。

今日日どの村でも見られるという風景ではない。

「君は……マルコ君は八歳ということだが、君の目から見てこの村はどんなところかね？」

言ってアクセリは顔を顰《しか》めた。何でもいいから言葉を繋げようとしたのは確かだが、だからといってあんまりな質問だと思ったのだ。

村長の息子とはいえ八歳の童である。

眼差しこそ不可思議だが、己にとって唯一の世界であるだろう村を論評させてどうしようというのか。比較対象などあるわけもないのだから、よいも悪いも論じようがない。

「ここはいい村です」

そうとしか答えられまい。

無思慮な質問をしたものだと反省したアクセリだが、続く言葉は彼の想像を超えるものだった。

「逞《たくま》しく育った家畜ですよ。そら、牧童が慌てて様子を見に来ている」

笑みすら浮かべて言い放つ辛辣に、アクセリは己の目が大きく見開かれたことを覚えた。

少年の瞳に映っているのは己一人きりなのだ。

その意味するところは解せども咄嗟に返答できるものではなかった。

呼吸を取り戻し、ぐっと唾を飲み込んでからでも口を開いたのは、彼の自尊心に因るところが大きかった。

「……家畜か。飼い主はどんな獣だろうかな？」

「欲も頭もほどほどの獣のようです。家畜を繋いで十年ばかりになりますが、そこそこの飼い方をしていますね。近年は失敗しつつありますが」

「失敗……何かが起こると？」

「起き続けていますよ。新しい獣が縄張りを荒らしています」

ゴクリと、アクセリはもう一度唾を飲み込んだ。

無様ではあったかもしれないが、それは最小限に抑えられたもので、自分は少年の示した水準に対応している。

個人の尊厳を辛うじて護った後に湧いてきたのは好奇心だった。

家畜とはここキコ村のことで、飼い主たる獣はヘルレヴィ伯爵のことだと察せられた。

この村が伯爵の領政に組み込まれたのは十年ほど前の〝聖炎の祝祭〟の頃である。そして新しい獣とはあの馬賊のことだろうかとアクセリは推察した。

面白かった。

比喩に嵌《は》め込んでピタリと納得するものがあった。マルコ少年は、その小さな口からは次にどんな言葉を放つのだろう。

アクセリの知る占術の一つに童占いというものがある。時代が動くその時には、子らが遊ぶ他愛ない歌や動作の中に予兆としての託宣があるというものだ。無垢な心を通じて神が語るのだとされる。伝承や伝説の類にもよく登場する現象だ。

そんな不思議を体験しているのではないか……違和感は今や倒錯的な説得力でもってアクセリに働きかけていた。

「古い獣は、新しい獣に勝てぬのだろうか？」

「はい。出血が続けば、あるいは首がすげ替わるかもしれません」

「何故勝てぬのか」

「蝿と侮《あなど》って前を見続けているからです」

「振り返ったならば勝てるのか」

「足の一本もくれてやるつもりならば」

「……それほどの獣なのか」

「古い獣はこの二年ばかり身を病み、血を流しています。前方にも煙が見えます。充分に牙を振るえる状況ではありませんから」

打てば響くように示される見解は、そのいちいちがアクセリを唸らせる。

彼はいつの間にかヘルレヴィ伯爵領の全域を見下ろしているような気分になっていた。

部隊を率いている時にすら自重し、見ぬふりをしていた領政の過失……それを左遷仕事の先の、小さな村の片隅に座して思考したのである。

「……逞しい家畜はどうするのだろうか？」

そう問うた際には、アクセリは既に己の任務を半ば忘れていた。口調には詰問する色はなく、むしろ案じるような気配すら漂わせたかもしれない。

少年の返答は、しかしまたしてもアクセリの予想を超えるのだ。

「とりあえず牧童を招き寄せてみました。貢納の義務を果たしている以上、狼から護ってもらう権利がありますからね。多少窮屈になることは覚悟していますが、開拓村の開拓村たる由縁をお忘れにならないようご留意くださいね、中尉殿」

アクセリは笑い声を上げた。

◆第八話　酒の上の戯れは無礼講で

「いや、謙遜には及ばない。ここはよい村だと思う」

村長ヘルマンにそう言っておいて、アクセリは口の端をニヤリと歪めた。

少年マルコもまた澄まし顔に仄《ほの》かな笑みを生じさせたようだ。

夕餉の終わった村長宅の卓上にはささやかな酒肴が並べられており、年代も様々な三人の人間は、揃って夕焼け色の灯明に照らされている。

「ざっと見させてもらったが、やはり麦畑がいいな。あの分では次の年貢も支障あるまい。冷害に泣く村々ばかりだというのに優秀なことだ。何か秘訣があるのかね？」

「秘訣というほどのことは何も……強いて挙げるのなら地虫でございましょうか。ここは北の山地にも近いので黒土や灰土を運び入れやすく、それに含まれる地虫も多少の瘴気にはビクともいたしませぬ」

会話はアクセリとヘルマンとの間で行われている。

特にアクセリが話を振らない限りは、黒髪碧眼《へきがん》の少年は静かに聞き入るばかりだ。

「なるほどな。しかしどんな土であれその性能を活かすだけの堆肥があってこそのものと聞く。この村ではどうやってあれほどの家畜を維持したのだ？　近年は多くの村で飼料の確保がままならないのだが」

「我が村とて全ての家畜に冬を越えさせられたわけではありませぬ。風向きか土か……多少とも得られた牧草を大事にし、村人揃って雑麦の雑炊を啜《すす》り草の根も食し、粗食で足らぬところは落ち葉の一枚も集める倹約によって埋めて、耐えに耐え忍んだからこその今にございます」

「懸命なる健気を思わせる話だな。楽をしたとは言わんし、その言葉をそのままに飲み込んでもいいのだが……しかし、それはどうだろうな？　何もかも暴露しろとは言わんが、虚偽は村のためにならんと言っておこう」

強い言葉を発したアクセリだが、村の調査は無論のこと徴税の下調べを兼ねており、下手な壮語がそのままに増税となることを恐れる気持ちは理解していた。

特に辺境の村々には『自分たちは王の助けを借りずに荒野を開拓した』という気概があり、支配は受け入れつつも調査や介入を嫌う傾向が強い。

アクセリの見る限り、キコ村の豊かな理由は運でも立地でもない。

実績の上で考えても、村の中を見た印象でも、この村が確かな実力でもって豊かさを生み出していることは明らかだった。

しかし何故かはわからない。何があるというのか。

(何があるのかはわからないが……その何かを村にもたらした人間は、まず間違いなく、この少年なのだろうな。はてさて、どこまで教えてもらえるものやら)

視線の先で涼しい顔をしていた少年は、僅かな動揺も見せず、卓上の小皿の一つを手の平で示した。刻んだ根菜が酢液に漬かっているものだ。

それは、アクセリは見知らぬものであったから、未だ食していなかった。

「まずは食べてみてください」

「ふむ……少々酸《す》いが歯ごたえは悪くない。知らない料理だが」

「クワンプです」

言われてギョッとしたアクセリである。

それは軍人であれば長戦場の馬餌として知る雑草の名前であり、しかも冬場にしか見られないはずのものだった。この春の盛りに目にするものではないし、ましてや酒肴の一品として食するものでもない。

改めて咀嚼《そしゃく》してみる。お世辞にも美味いものではないが、しかし不味くて食べられないというほどでもなかった。

そんなところへ少年の透明な声が聞こえてくる。

「新鮮な内ならばもう少し美味しくできるのですが、それは塩漬けにしておいたものです。手を加えたところでその辺りが精一杯ですね。ナルコマやパック草よりも面積当たりの収穫量が見込めますから、人にしろ家畜にしろ冬場の飢えを凌ぐには役立ちましたよ」

「それは……しかし、馬はともかく豚や鳥はこれを嫌おう？」

「はい。それも工夫次第ですが……人間が我慢して食べれば、その分を他に回せますから」

「……なるほど、一つの種明かしというわけか」

更に少年の声は続く。

「また、矮馬《わいば》の飼育にも使っています」

矮馬とはその名の通り小さくずんぐりとした品種の馬であり、通常の馬や牛に比べると気まぐれで扱いづらい気性をしている。家畜としては短所が目立ち、粗食に耐えることのみが長所と評価されている。

「ほう？　この村ならば牛馬を労働に利用することなどわけもあるまいに」

「節約できるところを節約し、それを村人の努力で補っております……ということにしておいてください」

「……どういうことだろうか」

「矮馬とはいえ馬肉食を常のものとしていることは秘密にしたいのです。馬産地の端くれを担う一村としては、馬商人に睨まれてしまうと悪影響しかありませんから」

「そうか……戦場ではままあれど、日常においては忌む者もいるのだな」

「ご配慮いただけると助かります」

ヘルレヴィ伯爵領から産出される馬は軍馬として人気が高い。瘴気濃度と寒風の絶妙が馬に作用するものか、勇猛で争いに強く、戦場へ出すには最適だからだ。

それと矮馬とを比べることは高級絵画と落書きとを比べるに等しい。

少なくともアクセリら軍人はそう考える。

(軍馬を育成する労力を幾分か割いてまで矮馬を飼育する理由……クワンプ栽培との関連を鑑《かんが》みれば一応の筋は通るか？)

アクセリは少々の引っ掛かりを覚えた。違和感が戻ってきたのかもしれない。冷静に理を説明する少年と、その発言を妨げず静かに成り行きを見守る父親がいて、アクセリの反応を待っている。談笑もなければ目で確認し合うような様子もない。

それが既に普通の有り様ではないのだ。開拓村の見事を超えている。

自然と受け入れてしまいそうになる自分を戒めようと思考することで、ふと、アクセリは疑念の正体に気づいた。

この村において何かにつけて感じられた奇妙は、つまるところ統制ではないだろうか。まるで前線にあって軍政を敷かれているかのような硬質の秩序が感じられるのだ。

ここの村社会は日々に一喜一憂する者の寄り合い所帯ではない。強力な筋道を作った指導者がいる。豊かさを生み出すために慣習を変更した誰かがいる。

そしてその者は冷害や不作を予測していたのではないだろうかとまでアクセリは推理した。そうでなければ多くの説明がつかないからだ。

そして見やるのは、やはりその少年だった。

子らの中にあって目を引かれずにはいられなかったその存在感こそが指導者の資質といったものではなかったか。

事実、子らの不可思議な遊戯は全てこの少年の発案によるものだという。

この村へ来て一日、たった一日だ……アクセリは思う……その間に見聞した全ての驚きの中心にこのマルコという少年がいるではないか、と。

面白い。

アクセリは改めて八歳の少年を見た。

澄まし顔の内側に秘めているだろうものを見極めたいと思った。それはある種の戦いになるに違いないし、仕事熱心な巡察官の面構えを放棄することになるかもしれない。

しかし試さずにはいられない。そもそも彼は驚かされるばかりでいられるほど大人しい性質ではないのだ。

「ところで、爪切りを貸してもらえまいか。少し割れてしまってな」

努めてさりげなく発したその言葉……それはアクセリの攻撃の始まりだ。

反応は分かれた。

ヘルマンはギョッとしたようになり、マルコはその顔に喜色を露にしたのだ。『僕が』と言って席を立ち、持ってきたのは爪切りと爪やすりである。

「よい品だな。この形状の爪切りはそれなりに値が張る。領都でも誰もが所有できるものではない。しかしこの村では各家庭に普及しているようだ。染め織物についてもしかり。これは私見だが、集団の生活水準とは女性を見れば大方がわかるものだ。特に手だな。ここのご婦人方は随分と綺麗な手をしていたものだ。まったく、あからさまなほどだよ……この村には計上されていない金銭収入がある」

持ってこさせた手前適当に己の指の爪を磨きつつ、アクセリはヘルマンとマルコとを交互に睨みつけてやった。

初老の男の顔には強張りがあり、それは彼が警戒感を強めたことを示している。

片や、幼さを残す少年の顔に浮かんでいたものは微笑みだ。

しかしその眼光が凄まじい。

まるで獲物を認識した猛禽《もうきん》のような眼差しだった。狙った相手の一挙手一投足の全てを把握するつもりだろうか。

アクセリは微笑み返そうとして、しかしそれができなかった。

ヒヤリとしたものが喉を下って、胸の奥に不安を生んだ。居た堪れなさが足を萎えさせた。

違う。

この眼差しは軽々しくいなせるものではない。

猛禽類のたとえでは足らない。もっと獰猛で遠慮がない。鋭いだけでなく深い。

容赦がない。

自分という人間の内奥まで全てを見極めようとしている……きっとそうに違いない。

智と舌をもって攻めたところが、言葉なく碧眼のみによって攻め返されている！

表情の一切を変えず軍人然として心を鎧ったまま、アクセリは卓下にあって見られることのない下半身へ力を込めた。努力して肩の力を抜き、それ以上の努力でもって眉間や頬《ほお》を緩めた。

舌下に溜まる唾液は飲み込まない。音を立てずには飲み込めないからだ。

灯火に誘われた虫の羽ばたきが不規則に鳴ったり途切れたりを繰り返している。

今や夕焼け色の暖かみは感じられず、アクセリの視界には碧色の瞳ばかりが圧力を伴《ともな》って在るきりだ。それが遠くか近くかも定かでなくなっている。

何か魔力めいたものが放射されていると言われたなら、そうであろうと納得するよりない。アクセリは戦場に勝る緊張で縛られていた。

「中尉殿には将へ至る才がおありのようです」

そう呟《つぶや》いて酒を勧めてきた少年を、その不躾《ぶしつけ》な発言を、アクセリは咎《とが》めることができなかった。

そんな心の余裕はなかったし、何より、物理的にも言葉を発せられる状況になかったからだ。口内の容積と不快感との限界に挑戦させられていた。

涼しい顔で酒を杯に受け、細心の注意を払ってさりげなく口元へと運ぶ。杯を戻さないままに二口を啄《ついば》み、三口目でぐいと呷《あお》った。杯に隠れられる間に鼻で息を整える。

気構えを新たにして杯を置いてみれば、そんな自分を捉える眼光は鳴りを潜めていた。

試すつもりが試されたのだと察しても、アクセリは憤怒どころか奇妙な満足をさえ感じていた。

既に少年に少年以上の何かを見出していたからである。

「……酒の上の戯《たわむ》れとして、公とは別の私として、聞きたい」

断りを入れてから、問う。

「将へ至る……とは、つまり未だ至っていないということだ。君の目に映る俺には、一体、何が欠けているのだろうか？」

「忠義です」

鼻白むほどの即答だった。

そしてアクセリはそれを否定することができない。

「兵法を知る様子の貴方です。将に必要な才をつらつらと並べ立てることはしません。しかしその全ては仕えるべき主を持って初めて生きるもの。己を主とし、己の裁量で行う諸々は、どこまでいっても己自身に帰結する私事に過ぎません。人はそれを趣味と言います」

サラサラと辛辣を言い放って、少年はツイと酒盃を口にした。

悪戯な眼差しが閃いている。

「己の才を趣味に費やす貴方には気概がありません。兵の命を背負うつもりも、主の命運を担うつもりもないからです。見える全てを他人事にし、己のみは整えたつもりでいます。そして悦に入るのです。人はそれを自慰と言います」

ニヤリと口を歪めた笑みの、何と淫靡なことか！

アクセリは背筋に物凄まじい何かが走るのを感じた。

胸の内には激しい何かが渦巻き暴れ、グッと息がつまる。

そこへ結論が放られた。

「枝を選ぶか、爪を捨てるか……半端者は止めることです。カッコ悪いですよ？」

妖しい笑みを一瞬深めた少年だが、杯を呷った後は何事もなかったかのように澄まし顔へと戻って行儀よくしている。

ビチッと弾けた音は虫の衝突音か。

熱にやられた羽虫が卓上で音もなくもがき、そして動かなくなった。

静かな時が流れて……酒宴の卓上に突き出されたものがあった。アクセリが手に持つ酒瓶である。そうすることが最善であると思えた。

互いに声もなく、少年と村長とがそれを受けた。アクセリは己の杯にも酒を注いで、それを軽く掲げてみせた。

「金言を頂戴した。キコ村の平穏と発展を祈念する」

三人で呷った酒が、三人の喉を滑って落ちて消えた。

「……やはり、ここはよい村だな」

アクセリは締めとばかりに言葉を紡いだ。

「豊かさを生じせしめる要因が村長のご子息であり、その者の年齢が八つであるのならば、もはや何を言うべきにもあらず。納税の義務が生じるのは十二歳になってからだからな。巡察官たる私は次の徴税にも期待が持てることと、それがクワンプを利用した急場の対処のよき結果であることだけを報告しよう」

話はそれきりだった。

夜は充分に更けており、人であるのなら身を横たえて瞼《まぶた》を閉じるべきである。

アクセリが就寝を求めればこの酒宴もそれで終わりだ。

客室への案内や寝床の支度、洗口の水の用意などを手際よく行ったのはハンナという村娘だ。

その彼女が少年に対して恭しく接するのを目にしたアクセリは、そこにも村長の息子という立場だけでは説明のつかないものを感じて、ただ納得したものである。

さもあらん、と。

◆◆◆

翌日からの仕事は村長の案内を受けての村巡りとなったが、それは報告のための最低限を押さえていく作業でしかなかった。

麗らかさを増すも霞のかかったように映る風景をただ流し見て、アクセリはこれという質問を発することもなく説明を聞いていった。

真剣みのなさを咎められることもなかった。

村長の側からしても根掘り葉掘りなど御免なのだろう。利害の調整は既に済んでいて今更に駆け引きもないのだ。

麦が青々として海の如き様を眺めた。それがこの村で最もよい光景であったから、アクセリは休憩を求めて腰を下ろしたのである。

村長は水を持ってくると言って去った。

戻らずともいいとすら思っていた。

アクセリの心は、彼としてはらしくもなしに、宙に浮き泳いでいた。

見晴らしと座り心地を兼ね備えたそこは、意図せずも一度休んだことのある場所であった。

昨日この場所で隣にいた少年は、今日は挨拶をしたのみでそれ以上の会話も何もない。望めば時間は取れただろうが、アクセリはそれを避けた。

それは怯えだろうか。

それとも躊躇《ためら》いだろうか。

不安と迷いとが交互に訪れて、アクセリの日常を落ち着かないものにしていた。

「今更……な」

独りごちるアクセリはもう三十歳間際である。それなりに多くを体験してきたし、それ相応の妥結を幾つも済ませてしまっている。

自分が世界の中心ではないことを完全に納得しているのだ。

どんな才を持ちどんな家に生まれようとも、所詮は後から社会に参加する身なのだから、全てが都合よくお膳立てされているわけもない。

自由などなかった。押しつけられ選ばざるを得なかった役割を踊るより他に生きる術などありはしなかった。

何しろ大戦功の将軍すらも敵の脅威がなくなれば火にくべられる世の中である。戦時下の必死が平和の世になって正しく評価されることもない。

「そう、今更なのだ……今更、俺は……」

理不尽も常のものならば道理となる。

誰もがままならない思いを抱えて今日を暮らし、同じような明日が来るのだろうと退屈を吸い、疲労を吐く。

飽くことにも人は慣れてしまえるのだ。

何もかもこんなものだと呑み込んでしまったなら、それはそれで安定もする。求めなければ苦しくもない。既に持っているものを喪失することもない。

ただ一つ……素晴らしいかもしれない未獲得で不確定の何かを見失うだけのことだ。

埒もない憧憬《しょうけい》が残ったとして、それすらいずれは塵《ちり》と消える。あるいはそれが大人びるということなのかもしれない。

アクセリはそうやって戦後を生きてきたのだ。だからこそ昨晩の金言が胸に熱い。

鈍くあろうとする己を叱咤されていた。

錆《さ》びつかんとする己を激励されていた。

そういうものだと割り切っていたはずの心が強く揺さぶられていた。決断が迫られていた。

さくり、と背後に草を踏む音がした。

その音が小さかったから、アクセリは弾かれたように振り返った。

そこにいたのは黒髪碧眼の彼ではなかった。少女だ。彼よりは少し年上だろうが、それでも徴税対象には届かないだろう。唇を引き結んで決意の表情を固めている。

見覚えがあった。それはどこかと思い、さして熱意もないからか中々に思い出せなかったが、少女の向こうに十人ほどの子らが待機していたことで俄《にわか》に記憶が蘇った。

昨日見た光景の中に少女はいた。

背を触る集団遊びで、中央突破を成功させた側の先頭を駆けていた子である。果敢さで抜きん出ていたから印象に残っていた。いい加減に結った二房の髪も特徴的である。

「私、エルヴィっていいます！　あの！　貴方は、領都の役人さんですか？　それとも軍人さんですか？」

それは年の割に勇敢な態度と言えた。

村落に生きる者の大半にとっては、役人にしろ軍人にしろ、権力の側の人間など厄介者でしかない。軍事力を背景にして義務を強いるばかりで、弱き立場の者の権利など認めはしないからだ。賦役と貢納《こうのう》は民を縛る二本の鉄鎖《てっさ》である。

「アクセリ・アーネルだ。役人の仕事をしている軍人だが、何かね？」

意地の悪い返答だったろうか、とアクセリは心中に自嘲した。

一晩を経て自らの現状に不甲斐なさを感じていたところである。我知らず荒みがあったのかもしれない。とても大人の態度ではなかった。

「どっちもなら、それならもっと、聞きたいです。教えてほしいです」

「……何をだね？」

少女の真剣さにはいい加減な対応を許さないところがあった。

立たぬまでも向き直ったアクセリに対して、彼女は問うてきたものである。

「力って、何ですか？」

それは予想だにしない質問であった。

「軍人さんも役人さんも私には強く見えるけど、それが力なんですか？　それが、よりよい結果を望める力なんですか？　教えてください！」

畳み掛けられた言葉の数々はどれも拙く力任せだが、しかし笑い捨てるにはあまりに切実な響きを持っていた。しかも辺境の村の子がそれを言う。

アクセリはそこにどうしてか戦下の空気を嗅ぎ取った。

そんなわけはないと頭では理解しながらも、戦争を生き抜いた者の感覚として、少女の中に戦士の気配を感じ取ったのである。

「中々に難しいことを聞くが……」

前置いて、アクセリは呼吸を整えた。呆けたまま答えていい質問ではなかった。

「求める結果次第ではないかな？　力にも色々とある。私は兵法軍略を修めているが、これは戦争において勝利を得るために必要な力であって、他のこと……例えばこの美しい麦畑を生み出す力とはなり得ない。この村はかくも素晴らしい風景を作ることはできても、いざ戦争となればこれを捨てて逃げるよりないだろう。力とはそういうものだ。万能のものなど……」

ない、とは言い切れなかった。

アクセリはただ一つきりだが万能の力の存在を知る。

戦場の壮絶の中で見聞きしたそれは、理屈では説明の間に合わない力であって、当然ながら望んで得られるものとも思えなかった。しかも優劣があり、周囲へと強く影響するも、往々にして時限的である。

運命の力、とでも言えばいいのだろうか。

アクセリの知る限り、かつての戦争にはその力を強く備えた男が三人存在した。帝国に一人と、王国に二人である。英雄と認知された男たちだ。

彼らは勝ちを呼ぶ。

困難を打開し、劣勢を覆し、尋常の手段ではどうにもならない難事を見事に解決していく。

それは特別な力なのだ。

彼らの偉業とは、その日その時に必要な人材がどうしてか近くにいて、前例のない判断を的確に選択することでもって初めて成し遂げられる。

事後に賢《さか》しらに手法を説明する類をアクセリは信用しない。後付の理屈では前提条件が揃っていたことまでを説明できはしない。

幸運という言葉でも足りない。まだ届かない。

特別としか言いようもない存在感でもって彼らは在った。

王国においては勇者がそれとして最も有名である。そして三人の内で最も得体の知れない力を備えていたようにアクセリは思う。

彼の勝利は理屈では説明がつかなかった。まるでそれが神の定めた規則であるかのようにして、絵巻のように華やかに、絵物語のように冒険的に栄光を掴む。

王国におけるもう一人は、勇者に比べればまだ理《ことわり》をもって論じることができる人物で、名をサロモンといった。ハハト将軍と呼ばれたのも彼だったか。

アクセリの見たところ、特別な力の優劣で言えば三人の内で最も劣った人物である。尋常の内側に半身を留めていたように思われるからだ。勇者が天才ならば彼は秀才と評すべきか。彼の戦果には確かな戦術戦略の跡を見ることができる。そしてそんな彼こそが戦争を決着させるほどの戦果を上げるに至った。

しかし、死んだ。

三人は揃って英雄的であり、そして誰一人として戦後を生きることがなかった。圧倒的であったはずの三人は等しく殺されたのである。

勇者は帝国兵に。

帝国の英雄は王国兵に。

サロモンは教会に。

まるで平和な日常を呼吸することが許されないとでもいうようにして生を否定された。そして死後にはその名ばかりが今も人口に膾炙する。

彼らは万能の力を備えているかのように思えた。負ける姿が想像できなかった。

何をするにしても彼らが先導となれば成功が約束されるに違いない……そう信じさせるだけの、問答無用の威力を発しているように感じられたのだ。

しかし死ぬ。

歴史の主役であったような男たちは、もう誰もいない。

アクセリが運命の力を時限的と考える理由はそこにあった。

「求める結果……私が求めるものって……」

少女の呟きが耳に聞こえてきて、アクセリは思いがけない回想の旅を終えた。幼くも一生懸命な思索の姿がアクセリを苦笑させる。

真摯な迷いとは眩しいものだ。

答えとはそれ自体よりも見つけようとする時間に価値があるのかもしれない……アクセリは柄ではないと自覚しつつも、いつになく素朴な気持ちでそんなことを思った。

「答えを焦る必要はない。求め続けることが最も大事なのであって、その思いが強ければいずれ必要な力は自明のものとなっていくだろう……運命が味方すれば、道は開けるものだ」

少女に説きながらも、その言葉はそのままにアクセリ自身へも向かっていた。

純粋な子を前にしてきちんと大人をやったらしい己を笑う。苦笑いになった。つくづくも自分らしくないと思った。偉そうなことを言ったものだとも思った。

求め続けることを怠っていたではないか。

英雄に届かぬことを理解した上で、それでも軍人として役人として万事に人並み以上の働きをするべく修学したのは何故か。

まさに英雄を求めたからではなかったか。

運命の力を持つ者の人材足らんと欲したからではなかったか。

昨夜の言葉が強く思い出された。

ああ、まさに自分の今を鋭く衝いている……もはや賢しらに世を眺めて胡坐《あぐら》をかくことはできない。アクセリはそこまで馬鹿にも恥知らずにもなれない。かくも焦燥感を抱えたことなどいつぶりのことか知れなかった。

胸に予感の火が灯っていた。

決断とはそういうものだと思い至ったのだ。

安定から安定への鞍替《くらが》えではなく、安住の地であったはずの古巣を見損ないすらして、いっそ恩知らずに、未知の空へと飛び立つ行為をしてこそ人生の決断というのではないだろうか。そうならば力強さと勇気が必要だ。

アクセリは己の内に戦慄《わなな》くものを覚えた。準備などとうの昔にできていたのかもしれない。

ふと、尋ねたいと思った。エルヴィと名乗ったこの少女にである。

相手は幼いのだから何か見事な答えを期待したわけではなかった。ただざわめく心をを持て余しただけだ。それ以上の意図はなかった。

「マルコという少年は……あれは何者なのだ？」

言葉を飾れなかった。それは真っ直ぐな問いとしてアクセリの口から漏れ出たようだった。

両手を胸に当て何事かを思っていた少女は、強く弾かれたようにして顔を上げた。

見つめ合ったことでアクセリは少女の美を知った。より強烈な印象の人物がいるから目にも留めなかったが、尋常の内側にあってはこの少女は相当の美しさであると思った。

そして気づく。

マルコはやはり尋常ではない。

そう結論づけることを避けていたが、自ら問うた言葉が自らを先んじていた。

尋常のこちら側にいる見事な少女がその証左だ。

もはや尋常のあちら側であることを認めないわけにはいかない。

何者なのだろうか、あのとてつもない少年は。

彼が王族なり大貴族の子弟なりであればまだ少しは得心がいったのかもしれない。

しかしここは辺境で、しかも彼は八歳でしかない。何をすることもできないはずの童が、誰にもできない何かを行って悠然と世界を見渡しているのだ。

天賦の才で片付く話とも思えなかった。およそ才とは鋭利さでしかなく、力強さや奥深さとはなり得ないからだ。それではマルコの瞳から放射される威を説明できない。

まるで正体が知れなかった。知りたいと思った。

その答えは与えられた。

迷うことのない瞳でもって、告げられたのである。

「マルコくんは運命です。私たちに遠くを見せてくれる人です」

アクセリは笑った。

童占いとは今のソレだと合点がいったからだ。

待ち望み、探し続け、求め続けていたはずのものは黒髪碧眼の少年の形をとって己の前に現れたに違いない。己は運命に出会ったに違いない。

アクセリはもう尋常の世界の常識を理由に躊躇《ちゅうちょ》するつもりがなくなった。

確信があった。

予感は強まってアクセリの心身を燃やすようだった。

人生の今日以前と今日以後とは全てが否応なく変わる。変わらずにはいられない。

アクセリはここに決断を下し、その命の使い方を一変させるのである。


アクセリ・アーネル。アスリア王国の下級貴族に出自を持つ。

王都軍学校にて優秀な成績を修めるも戦況の悪化から前線へ送られた。適応力の高さから様々な戦場に補強要員として転戦させられ、そのいずれにおいても堅実な成果を上げた。

〝聖炎の祝祭〟以後は軍学校への復学を希望するも叶わず、後方勤務を厭《いと》わぬ姿勢からヘルレヴィ領軍への転属となった。

そして運命に遭遇し、その名はマルコ配下の主要将軍の一人として知られることとなる。

知勇兼備の将にして内政にも謀略にも鋭い手腕を発揮する万能の人で、マルコの信頼も厚く、その功績の多くを半ば独立した別働任務において打ち立てた。

実際に独立を画策していたとする説もあるが、その一方で、副官に語ったとされる言葉も残されている。

「己の分相応を知り、己以上になることを厭う俺には、王の才などない。働き者だが怠け者なのだ。遣り甲斐のある仕事さえあればいい。先頭きって歴史を創るなど御免こうむる」

嘘か真かは知れない。

しかしマルコの偉業を語るその時に、アクセリ・アーネルの名を伏せて語ることなど不可能というほどに仕事熱心ではあったのだ。

その活躍の足跡は多岐に渡るが、多くの歴史家が彼とマルコとの関係を語る第一歩として挙げるのが辺境巡察官としてのキコ村巡察である。それ自体に意味を見出さなくとも、その後に続く第二歩目が重大であり過ぎるため、注目されるのだ。

辺境巡察を終えたアクセリが再びキコ村を訪れた時、マルコの名は歴史上に初めて登場することとなる。

そしてそれはアスリア王国にとってもエベリア帝国にとってもその運命を大きく変動させた始発点として、長く長く伝えられる日となるのだ。

◆第九話　お客さん、いい薬ありますよ

「へぇ、こいつが噂の秘薬『白透練《はくとうねり》』か。万能の効果があるって聞くが」

渡した手の平大の小壺を物珍しげに覗きこみ、理髪師だとかいう男は気軽な調子で言った。さも他人事といった風を装っているが目の色が変わっている。

行商人を前にして迂闊《うかつ》なことだと思う。ラウリは髭を撫でつけるようにして笑みを憚《はばか》った。

乗合馬車がガタリと揺れても落とす気配がないのだから、男の執着心は相当のようだ。

「私は魔女の弟子ではないからね。それは万能ってわけじゃあないさ。ただし色々な薬効があるのは間違いないよ」

敢えて教会の禁忌《きんき》であるところの魔女を口にし、それを否定する。

胡散臭い霊薬や妙薬は決まって魔女との関わりを匂わせるものだ。真逆をすることで却《かえ》って信憑性を増す狙いである。

「食べても害はないが、塗り薬でね。基本的には皮膚に効く。火傷に霜焼け、化膿にかゆみ、切り傷擦り傷にも効果があるよ。それほどのもんだから女性特有の悩みにも驚くほど効果的さ。水仕事で荒れた手はたちどころに治るし、お肌のしみや皺《しわ》にもバッチリと効くんだ」

慣れた口上である。歌うように言ってのけて、ラウリは理髪師の手を取った。

小壺の中にほの柔らかくある白いものを指ですくい、男の手の甲に塗りつける。

男は抵抗しない。やはり塗ってみたかったのだろう。

ラウリの指が二度三度と円を描くと、初め白かったものは滑らかに透明に広がっていった。

「おお、凄いもんだな。俺の手がやたらスベスベになったじゃないか」

自分の手を撫でたり抓ったりして、男はもう自らの興味関心を隠していない。

さもあらん、とラウリは小さく頷いた。理髪師という職業ならば個人利用だけでなく仕事にも使える薬だ。上手く活用すれば評判となるに違いない。

だが、まだまだ……もっと欲しがってほしいとラウリは思う。商品に自信があるからばかりではない。これはもう商売人の醍醐味というものだ。

必要もないのに耳打ちするようにして、言う。

「通な使い方としては、背中に塗るって手もある。これは寝冷えを和らげる」

ふんふん、と少々の期待外れを顔に浮かべたところへ、とどめを用意だ。

「更なる通の使い方としては、頭に塗るって手まである。こいつぁ何と……」

「……何だ。何に効くっていうんだ？」

ニヤリと笑ってズバリと告げた。

「何とだよ……抜け毛を減らすときたもんだ！」

「買った！　売ってくれ!!」

仕事のためか己のためか……しがみつく勢いの客に対してラウリは気持ちよく商売をするのであった。代金を受け取り、商品を幾つか渡して、最後にガッチリと握手をした。いい商売とは互いに幸せを味わうものだ。

満足の鼻息を髭に浴びせつつ振り返ったならば、黒髪碧眼《へきがん》の少年もまたウンウンと頷いている。

「お見事でした」

「ははは、幸先がいいってものだね」

毛皮仕立ての帽子も可愛らしく、キコ村の村長の息子たるマルコが微笑んでいる。ただしその肩書きは現在隠蔽している。彼は今、行商人ラウリの丁稚《でっち》として馬車に乗っているのだ。

実際は商人として教わることなど一つもなく、それどころか大人気商品『白透練』の製造元責任者でもあるわけだが、そんな本当の方がよっぽど嘘に聞こえる。

ラウリは揺れる車中をものともせずに今の取引を帳面に記し、荷物の中の在庫数も再確認した。まだまだ充分な数がある。小さいから数を運べる上に単価が高いので行商向きだ。しかも客に笑顔の花を咲かせるのだから堪らない。思わず拝みたくなる。

(素敵な物だ。これを扱える私は幸せ者だよ、本当に)

まだ売り出して一年余りだが、各地に愛好家を産んでいる以上、そろそろ人手を増やして販路を確立させたいというのがラウリの本音だ。

しかしマルコから止められている。増産体制が整っていないし、キコ村を取り巻く状況が投資を難しくしているからだ。

白透練……その主成分は矮馬《わいば》の脂肪である。

瘴気に強く痩せ地をものともしない根菜クワンプは、その葉に独特の成分を含有している。熱湯に晒《さら》すことで抜くこともできるが、生のまま葉を食する矮馬にはソレが蓄積していって、やがて薬効の強い油へと結実するのだ。

そう語ったマルコは最後に付け加えたものだ。これは北の少数民族の知識です、と。

無論のこと、販売はラウリが引き受けた。

効能確かな白透練は売れに売れ、キコ村の貴重な現金収入手段となったわけだが、その人気が逆に仇ともなるのが商売だ。流通量を増大させたならば注目度の上昇に拍車がかかる。

小商いの今だからこそ製法も製造元も秘匿できているが、それらが商家や貴族の知るところとなったなら、今のキコ村では豊かさを根こそぎに収奪されるだけ……マルコのその判断をラウリは否定できない。

事実、半年ほど前に巡察官がキコ村へと派遣されてきた。ここのところ寒害と不作とが続いているにもかかわらず年貢を滞りなく納めたことが却って不審を買ったらしい。

白透練について調べるものではなかったようだが、しかし村の平穏を維持できた理由は白透練の売却益なのだから、やはり危ういところであったと言えるだろう。

巡察官との顛末をマルコは平然と語ったが、聞いたラウリは冷や汗を拭ったものだ。

(ヘルレヴィ伯爵領は窮屈で知られているからなぁ。辺境に開拓村を多く抱えているし、兵站を担っているしで、仕方ないといえば仕方ないのだけど……情に欠ける領政なのは、伯爵様のお人柄によるところが大きいのかもしれないや)

毛布を肩からかぶり直し、ラウリは冬枯れの田園風景を見渡した。

物寂しいものだ。

片付けられないままに放置された麦稈巻きが方々で雨に崩れ果てている。家畜を維持できていないため消費されることもないのだ。

冬蒔《ま》きのシエラ麦が濃い緑色をまばらに見せているのがせめてもの救いだろうか。メコン麦に比べると味も価値も落ちるものの寒村の主食を担う。

この地における税は量において少々厳しく、取り立てにおいて極めて融通が利かないことで知られている。酷に過ぎるわけではないが、不作を考慮して減免されるということがないのだ。

その結果がこの風景である。

わずか二年で幾つの村が貧困と刑罰とに打ち据えられたことだろう。幾人の農民が奴隷へと身をやつしたことだろう。

もしや意図してその苛酷《かこく》を行っているものだろうか。

ラウリはそう思いついてすぐに口をへの字に歪めた。考えたくもない話だった。

しかし理がないわけでもない。

王国の戦後復興ももうじき十年の節目を迎える。

軍馬の需要も低下し、産業の形態を変える頃合いといえば頃合いだ。昨今の情勢は村落から労働力を流出させているから、新規事業を立ち上げるにはそれらを囲い運用すればいい。

（あ、でも、矮馬専用の牧場を増やす好機でもあるな。あれは冷害対策としても効果的だから、村の暮らしを上向きにできるもの）

白い油が見せてくれる夢に思いを馳せてみて、しかしラウリは首を振った。溜息も一つ。

（いかんいかん、私は白透練に魅せられ過ぎてるな。これさえあれば何でもできるってわけじゃないんだ。実際、国中のお母さん方には喜ばれるだろうけど……キコ村のご婦人方は本当に健康的だものなぁ……何とかして中小の村々にも普及させたくなっちゃうよ。でもそれができる状況じゃないんだ。無理はできない。私の狭い了見でマルコを邪魔するわけにはいかないよ）

チラと横を向いたなら、マルコは静かに遠くを見据えている。

ラウリがこの不思議な少年と出会ってから二年あまりが経った。

今年で八歳となった幼竜は未だ天高く昇り上がる機を得ていない。彼の威力は一つの村の発展にのみ発揮されているように見える。

とはいえ、新たなる戦乱がその機だとするならば、あと数年は今のままでいいともラウリは考えている。

知っているからだ。どんな宿命を持つ者であれ、思いがけず落命するのが現実であると。

人の命は案外と安い。

領主が『今年は徴税がうまくないな』と一考したのなら、その背景にはたくさんの人生の終焉《しゅうえん》や悲嘆が在る。何の気ない施策が生まれてくるはずの命を未然に断つこともあろう。

戦場であれば尚更だ。一つの勝敗は無数の命が散った結果なのだから。

誰であれ死ぬ時は死ぬ。死んでしまう。この世界は人が死ぬ理由に満ちている。

ラウリは寒気を覚えて毛布を掻き抱いた。

「今年の冬も厳しいものになりそうですね。どうぞ」

マルコが自分の毛布を寄越してきた。荷物に結わいつけたままにしていたものをわざわざ広げてくれたらしい。

ありがたいが、大人としては何とも情けない話である。

「暑がりなのです。この服も厚手に過ぎるくらいなのですが」

そう言ってマルコは己の帽子と服とをつまんだ。これにはラウリも苦笑いするしかない。

何せ着膨れているのだ。

用意したのはラウリなのだから居たたまれない。村長、その妻、そしてハンナという三人に強く望まれてのことである。

出会った頃に比べると格段に大人の扱いをされているマルコであるが、それは行動や判断といったものに限った話で、こと健康面についてはむしろ干渉が増したようだ。

今回の領都までの旅路は、確かにマルコにとっては人生最長の行程になる。

しかしラウリにしてみれば日常のことだし、幼竜たる少年にもきっと些事でしかないだろう。彼の不思議・・・は領都はおろか王都をも思考の枠内に入れているのだから。

いかに保護者といえど……いや保護者だからか、とラウリは思い直した。

どんな子であれ子は子でしかなく、親は親でしかない。

親は子にお腹一杯食べさせたいと願うものだろうし、寒い風が吹けば暖めたいと思うものなのだろう。他の心配がないならばこそ、余計に力が入るものかもしれない。

そしてそれはとても素敵なことだとラウリは思うのだ。

「何です？　そんなに嬉しそうにして」

「ああ、ごめんごめん、愛されてるなぁと思って」

「……感謝していますよ、本当に。今回のこれは男物ですし」

「あはは、それはそうだね」

幼くして商家へ丁稚に出されたラウリとしては、少々の羨ましさがあった。

母親は泣いていた気もするが、父親は顔も覚えていない。実家でも商家でも一年を通じて半袖素足で働いたものだ。

その観点からすると、今のマルコの装いは些《いささ》かと言わず丁稚に相応しくないのかもしれない。

(けど、折角の思いやりだもの。大事にしたいよね)

マルコもきっとそう考えているのだろうとラウリは思う。

蒸れるのだろうか、何度も帽子をかぶり直しながらも、その毛皮のモコモコを頭から外そうとはしない。今も位置を直しただけだ。

着こなしとしてはそれで正しいのだが、男物とはいえ寸法が大きいために、幼さと可愛らしさとが強調されている。方々で人目を引いている。

マルコはそれに気づいていないのだろうか。

実際のところ、今の人相風体を端的に表現するのならば、美幼女である。

「む……何やらそこはかとなく不快感が」

「やあ、そんな親不孝なことを言っちゃいけないよ」

「いえ、そちらではなくて……まぁ、孝行息子を自認しているわけでもありませんが」

「そうかな？　他のどんな子よりも孝行している気がするけども」

その言葉に首を横へ振って返して、マルコは溜息混じりに呟《つぶや》いた。

「鬼子の罪滅ぼしですよ」

伏せたその横顔はひどく悲しげで、思い描いている人物が誰であるのかをラウリに教えている。

ラウリもまたその人物を思った。

苦しさをおくびにも出さないでマルコを心配していたその人は、今も旅の安全を祈っていることだろう。寝台に横たわり西の窓を見やっているだろう。

マルコの母の病はいよいよ危うい。

この冬を越えたところで、夏まではもつまい……それが誰しもの一致した見解だった。

◆◆◆

ヘルレヴィ伯爵領、領都。

正確な数字はわからないにしろ、どんなにか少なく数えても五万人以上の人々が集まり暮らす都市である。風紀に厳しいが豊かな人の営みが息づいている。

街を囲う外城壁は高く堅牢で、それは内城壁や城も変わらない。

行禍原《イクマガハラ》に隣接するサルマント伯爵領やペテリウス伯爵領がエベリア帝国軍に抜かれたのなら、後は大河たる東龍河があるきりで、その対岸はヘルレヴィ伯爵領なのだ。常備兵こそ少ないものの城砦としての防衛意識は高くて当然だった。

正門からの入都を済ませたラウリとマルコだが、夕暮れの迫るその門前広場は時ならぬ喧騒と混乱とにごった返していた。

ボロボロになった人、馬、荷車……周囲に囁《ささや》かれる情報も鑑《かんが》みて、商家の輸送団が賊に襲われたとの判断は簡単だった。怪我人の中に武装した人間が交じっているところから見ると、護衛を随伴していたことも間違いない。

未だ兵士たちの取調べが続いている。襲撃はつい先刻のことらしい。

「賊が出るとは聞いていたけど、まさか、こんな領都近くでまで……」

ラウリは恐怖を感じざるを得なかった。被害にあった者たちの様子から、襲撃の時と場所とはラウリたちが乗ってきた馬車の至近であったと推察できるからだ。

ただの乗合馬車など実入りが少なかろうから狙われまいが、巻き込まれたならばどうなっていたかわからない。マルコの身にも危険が迫っただろう。

領都へ平穏無事に辿り着いたことはマルコの母の祈りがあったればこそなのかもしれない。

ラウリは本心からそう思い、キコ村の方角へ頭を下げた。

「……遅い」

そう声を発したのはマルコだ。その視線は門の外へと向けられている。誰もが被害者たちに注目する中で、ただ一人、そうしていたようだ。

「何が遅いんだい？」

「即応部隊の出撃がです」

ラウリの方を振り返りもしない。その眼光は鋭い。

「寸刻を惜しんで追討の戦力を出さないと、次の被害は時間の経過と共に増大していくばかりですよ。領内全体の危険度も同様です。それなのに斥候《せっこう》すら放たれた様子がありません」

見ている間にも兵士は集まりつつある。城壁の上には弓を携えた兵が、門の前後には槍を携えた兵が、それぞれ二百名ほどにはなったろうか。

「ええと……兵隊はまだまだ集まるのだろうし、何しろこの城壁だし、賊に負けることはないと思うんだけど……」

ラウリの言葉はおどおどとしたものになった。

軍事に関しては素人だ。壁と兵とが目に見えることに安心を感じていたところへ、先のマルコの発言である。少し腰が引けていた。

「あれを見てください」

マルコが指差すのは被害者たちだ。

「あの護衛、武装から見ていずれかの傭兵団でしょう。戦歴もありそうです。そんな集団戦力をこうも打ち破っておきながら馬と荷車を逃がしています。これは襲撃の目的が掠奪《りゃくだつ》ではないことを意味しています」

「賊が掠奪しないで……何をするの？」

「瀬踏みですよ。この襲撃は十中八九、領都の即応能力を試すためのものです。領内最大の戦力を有するこの都の近くで襲撃を行い、獲物をわざと逃がして、その後の様子を窺《うかが》うのです。見切られ、侮《あなど》られたならば……」

眉根は顰《しか》められ、綺麗なはずの声は重苦しい雰囲気を醸し出した。

ラウリは口中に溜まっていた唾を大きく飲み下した。

「あ、侮られたならば？」

「次には大胆な襲撃でもって甚大な被害をもたらすでしょう。あるいは何かしら大規模な作戦を計画しているのかもしれません。まず碌なことはありませんね」

冷たく言い切ったマルコを、ラウリはただただ見やるよりない。

結局、領都から斥候兵が出発したのは翌朝になってからであった。

第十話　治安は維持してくれないと

領都の風には冬でも花の香りが混じる。

北方の産物は何も馬に限らず、『雪白花』もまた香水の材料として利用されるからだ。

軍馬のそれに比べれば市場規模も知れているし、南方の花々からなる香水に比べては華やかさや奥行きに欠ける香りだ。しかし慎ましさの中には強《したた》かな艶《つや》が宿っていて、それがその男には好ましく思える。

ところが、現在彼の鼻梁《びりょう》に後から後からこびり付いてくる香りは雪白花のそれではない。

よく言えば百花繚乱《ひゃっかりょうらん》の香りなのだろうが、その不躾《ぶしつけ》なほどの強烈さは熟れた果物をぶちまけたかのように感じられてならない。

(隠し秘め、仄《ほの》めかすことにこそ趣深《おもむきぶか》さがあるのだ。あからさまであることは浅ましさの表れというもの。馬鹿馬鹿しいことだ)

絢爛豪華《けんらんごうか》な舞踏会にあっても特に際立つその貴公子は、絵画のような美しい佇まいを周囲に見せつけつつも、じっとりと不快を抱えていた。

ダニエル・ハッキネン男爵。

無役の身である彼自身は無名でも、アスリア王国においてハッキネンの家名は爵位を超えた意味を持っている。僻地《へきち》に引き籠っている身であっても、一度社交の世界へ現れてみれば貴婦人に囲まれるのだ。

かつて勇者の配下にあって武名を馳せた三人の騎士がいる。

その筆頭こそハッキネン子爵であり、残る二人の内の一人はその長子であった。

勇者を題材とした絵画において勇者の側に騎士の姿があったならば、最も年配に描かれているのがハッキネン子爵で、最も年若く描かれているのが長子と見て間違いない。

勇者落命の悲劇は数多くの戯曲や詩歌に歌われているが、そのいずれにおいてもハッキネン親子の挺身は欠かせない名場面の一つだ。

雲霞《うんか》の如く押し迫るエベリア帝国軍へと吶喊《とっかん》し、勇者の退路を切り開こうとしてハッキネン子爵は討ち死にした。

長子も最後の瞬間まで勇者と肩を並べて剣を振るい、勇者を庇って討たれた。

勇者は彼らの死に泣く……決まってそんな内容である。

しかし、それらは事実とまったく異なる。

王国と教会とが政治的に創作した物語に過ぎないのだ。

父と兄とを失い、若くしてハッキネン家の当主となったダニエルが最初に行った仕事とは、子爵位の返上であった。

「勇者様を護りきれなかったことを父も兄も死してなお恥じておりましょう。私も同様にございますれば、ここに不肖の身の貴く在ることを畏《おそ》れるの心情をもって、爵位の返上をお願い申し上げたく存知奉ります」

そう言上して殊勝にも王へと爵位返上を願い出た……公にはそう記録されているが。

実際は懲罰だったのだ。

死地に混乱して手勢と共に逃亡を図った父と、腰を抜かして足手まといの末に雑兵に殺された兄の、その無様の罪科を負わされたのだ。

美辞麗句《びじれいく》に修飾された名目の下に領地を没収され、それればかりか政治に参加するための手段たる役職をも奪われて、北東辺境にも近い町へ自主謹慎という名の僻地流しだ。

彼の殊勝に慈悲《じひ》をもって応えたとされる王が与えてくれたのは男爵位と捨て扶持《ぶち》のみである。

ダニエルの前途は全き闇に包まれていて、高値で取引される輝かしい絵画には父と兄とが美麗に描かれている。

(見ることのできぬものをよくも見事に描くものよ。人は見たいものを見るものだが、そんな空虚な幻想が実の力を持って世に影響するのだからな。馬鹿馬鹿しくも恐ろしいことだ)

この大広間の壁にも一枚の油絵が掛かっている。

苦境の勇者へ天から一条の光芒《こうぼう》が降りかかり、その足元には力尽きた一人の騎士……父亡き後はハッキネン子爵家の当主となるはずだった男が仰向けに倒れているのだ。

その顔には涙も涎《よだれ》もない。さぞかし多種多様の粘り気があったろうにとダニエルは思うのだが。

「ほう、やはりあの絵が気になるかね？」

その声の持ち主が誰かを承知しているだけに、ダニエルは己の失敗を噛み締めざるを得なかった。

油断した一瞬をよくもいやらしく衝いてきたものだと思う。

色とりどりの衣装が分かれて姿を見せたのは、この舞踏会の主催者であり領都の主でもあるところの、マティアス・ヘルレヴィ伯爵であった。

「卿にとっては思うところもあろうが、勇者様の苦難を忘れて飲食することは慎むべきだからな。容れて貰うよりない」

「……兄の無念を想い、己の不甲斐なきを悲しむばかりです」

「ふむ、そうか。そういうものであろうな」

マティアスの反っ歯顔に侮蔑《ぶべつ》の笑みを認めても、ダニエルはただ神妙に振る舞うのみである。

この四十がらみの男は勇者伝説の裏側を知る。ダニエルへの悪意をもってこの絵を飾っていることは明らかだ。その陥穽《かんせい》にむざむざとつまずいた己に苛立った。

「ところで、卿を招いたのは用あってのことなのだ。来るがいい」

言うなり、マティアスは振り返りもせずに会場脇の小部屋の方へと歩いていく。

ダニエルにはそれを追う他の選択肢が許されていない。

婦人たちが引きとめることもない。

視線だけがチラチラと背や肩を突《つつ》いてくるから、ダニエルは殊更《ことさら》に優雅な歩みをしてみせた。

(好きに映しているといい。幻想の中で踊る者たちよ)

ダニエルの目には、会場に踊る全ての色とりどりが小鳥に映る。己が砂糖菓子の檻《おり》に閉じ込められているとも知らずに囀《さえず》るだけの、飛べぬ虚弱の鳥たちに。

華燭《かしょく》の宴など酔夢だ。

どこにも本当などなく、どこにでも虚飾が毒々しくある。

いっそ無邪気だ。醒めた目に映るそれら彼らは恥知らずなまでに明るい世界を生きている。

休憩室の一つらしい小部屋に入ると、マティアスはすぐに扉の施錠を命じてきた。棚の酒を手に取ることもしない。

実務家らしい性急さだと思う一方で、ダニエルにはその余裕のなさが滑稽だった。もっとも、それに逆らえない己はなお間抜けとも思う。

「一昨日、領都近郊で賊の襲撃があった。知っていよう？」

「はい」

「昨日今日と捜索に当たらせているのだが、賊が件の馬賊であると知れただけだ。やはり根城はわからん。被害はどうということもないのだが……市中で少し面白くない動きがあってな」

苦々しげに語る様子を直立不動で聞いてみせつつ、ダニエルは嫌な予感を覚えていた。

このマティアスという男はとにかく帳面通りに物事が運ぶことを尊ぶ。実直な男ではあるのだが、何事につけても四角四面に事を行うため柔軟な対応というものを知らない。

そんな男が、今、非公式な場を作ってまで領政の綻びとも言える内容を話している。

「動き……とは？」

「何を勘違いしたものか、傭兵どもが護衛団などと称して徒党を組み、あまつさえ私に資金援助を要請してきたのだ。本来ならば相手にせんのだが、どこで入れ知恵があったものか、連中め商家からの嘆願書などを持参しおった」

「嘆願書……ですか。それはまた、何とも……」

「しかも複数枚だぞ。賊を討伐するか、街道沿いの警備を厳にするならばよし。それが成らぬなら領内の物流を保護するために金を出せという要求だ。つまるところが、領政の資金でもって己ら傭兵を雇えということよ。全くもって愚かで図々しい話だが、法度の条文すら引用する手の込みようでな……少々扱いに困っておる」

そこでチラと視線を寄越されたのだからダニエルには堪らない。厄介事を押し付けられるのだと確信した。

マティアスの顔つきのいちいちがいやらしく映った。獲物を罠に絡み取った猟師のほくそ笑みとはこういったものだろうかと思う。

不快感は抑えがたく、眉間が皺《しわ》寄っていくことを止められない。

「卿の父兄は貴族の誇り、騎士の鑑と持て囃《はや》されておるな？」

愉悦《ゆえつ》を舌に乗せたその声を敗北感と共に聞く。

「あの見事な絵画を見ただろう。あれが偽りであることは、私を含む四侯六伯《しこうろくはく》に知らぬ者はおらん。無論、国王陛下も御存じだ。実に嘆かわしいことではないか。血に宿る貴きを誇るべきにもかかわらず、それが内実を伴《ともな》わない虚飾であるとは」

耳に障る伯爵の声音に加えて、聞こえない言葉までがダニエルの耳には聞こえてくる。卑怯者の子め、臆病者の弟めと罵る声が幾重にも幾重にも木霊するのだ。

もう長らく聞き続けているものだから、今更に心がざわめくことはない。ただ視界から全ての色が褪せて消えていくだけだ。

遠くからは声が続いている。

「私は卿の境遇に同情しているのだ、ダニエル・ハッキネン男爵。まだ若い卿には汚名を雪ぐ機会があってしかるべきだと思う。そこで……どうだろうか。かかる困難を卿の才覚でもって解決してみないかね？」

手札の中で役を作るに適さない一枚があったとして、とりあえず何かを場へ切る必要に迫られたならば、その一枚は躊躇《ためら》いもなく捨てられる。その一枚こそが自分であり、今まさに切って捨てられたのだろう……ダニエルは淡々とその事実を受け入れていた。

話は至って簡単だ。

私財をもってその護衛団とやらを雇い入れ、それをハッキネン家の責任の下に率い、領政の与り知らぬ行動として賊を討つべし。事が成った暁《あかつき》にはハッキネン家は実を伴う名声を得るだろう……そんな詐術だ。

筋書きは見え透いている。これは成功しようが失敗しようが構わないものなのだ。

ダニエルが行動を起こした時点で、既に市中の面倒事は退けられたことになる。嘆願はハッキネン家の与るところのものとなり、以後の受付窓口もまた領城ではなくなる。

賊が討てたならばよし。

討てずとも領軍の消耗でも敗北でもないのだからどうでもよし。

もとよりマティアスは賊を些事と捉えているし、軍事物資の護衛以外には領軍を動かす気がないのだ。己の仕事の邪魔にさえならなければそれでいい。その意味では、マティアスという男にとって賊の襲撃と商家の嘆願とは同じ種類の忌まわしさでしかないのかもしれない。

どちらも等しく領政の汚れなのだ。

だから、領内に住まうどうでもいい貴族を……ダニエルを使い捨ての布巾のように用いるのだ。

「承りました。ハッキネン家の名誉に懸けまして、尽力いたします」

そう答える己の声を、遠く遠く、ダニエルは聞いていた。

◆◆◆

酔いもなく、腹の底に冷え冷えとしたものをわだかまらせて、車中に独り。

城下の宿へ向かう馬車に揺られながらダニエルは笑む。それは皮肉げで酷薄《こくはく》な笑みであろうと自覚しつつも、そうせずにはいられない。

(ふん……子爵位の次は財産と命を支払えということか)

その徹底ぶりに憂いと恐れ、そして捨て鉢な思いを抱きつつも、ダニエルはそれを最悪とは思わなかった。

彼はもっと最悪の結末があることを知っていた。相対的に見て、この程度は上げ底の不幸でしかないのだ。

彼が思い描いたのは炎の柱だ。ダニエルにとっての最悪とはソレだ。

父や兄とは真逆の人生を生きた男が、あの日あの夜、あの炎の中に死んだ。軍を率いて敵を恐怖のどん底へと叩き落とし、自らも馬上に武器を振るって勇猛であったというあの男……サロモンは、真に凄まじい軍人は、狂気の空想によって殺されたのではあるまいか。そうに違いないとダニエルは断じている。

酷薄な戦場の現実を支配していた人間をすら、この国の幻想は殺してしまえるのだ。理屈も道理もあったものではない。誰かがそうしようと思い、誰かたちが賛同したならば、それは抗えない死の夢を形作る。正に悪夢だ。

(ああ……夢が現実を侵す馬鹿馬鹿しきを生きる、この虚しさよ)

窓から夜の街を眺めやるも、領城と高級宿舎とを結ぶ街路には望むものなど見つかるわけもない。それでも胸は切なく疼《うず》いて、目は縋《すが》るようにして街を探る。

ダニエルが欲しているのは女だ。誰でもいいというわけではない。

貴婦人の絢爛さでなく、娼婦の艶やかさでもなく、飾らぬ清楚の奥に確かな生を秘めてさり気ない女性と……雪白花のような娘と夢が見たいのだ。

しかし、野の花とは野に咲くものだ。

城壁の内側にあるこの小世界は大自然から強固に切り取られてしまっている。灰色の世界には月明かりすらがどこか素っ気なく、あちらこちらの影ばかりが氷塊の硬質を思わせて目に障る。

ダニエルは車窓の戸を閉めようと手をかけて、閉じず、その手で天井を二度叩いた。

不思議な色が見えたように思ったのだ。

場違いな何かが今そこに在って、それは建物の中へと消えていったように見えた。

見過ごしてはならないと感じた。

鼓動が妙に高鳴る。

ほどなくして停車した馬車から石畳へと降り立つ。御者へそのまま待つように言い、外套《がいとう》をなびかせるようにして街路を横断した。

道に面したその店からはかすかに酒の香りが漂ってきている。幾つかある領軍御用達の酒場の中でも、そこそこ上等な店の内の一つだ。

躊躇いもなく入店する。

店内は閑散としていた。もっと下等の店ならば安酒も出ようが、ここはそれなりに値の張る酒しか出さないらしい。ダニエルには香りでわかる。客層も兵卒の姿は見られず、尉官や下士官が中心のようだ。

それはすぐにわかった。

奥まった卓に一人の童が座っていた。

仕立てのいい毛皮の服に身を包み、行儀よく膝を揃えて席に収まっている。椅子が高いためその足は床まで届いていない。

少女……いや、少年だろうか。

童とはいえ性別すら判別できない己に、ダニエルは戸惑いと驚きとを覚えた。そしてそれも仕方がないと思う。

その童は異物に過ぎていた。

夢と現実とが綯い交ぜになってあやふやなこの世界にあって、その童だけが確固たる輪郭を持ってそこにいる。

そう見える。そうとしか見えない。

そして周囲を圧倒しているように感じられるのだ。

頑なな現実としてではなく、さりとて虚ろな夢としてでもなく、そのどちらの手綱をも握り締めて屈服させている塑像《そぞう》……そんなものをダニエルは幻視した。

衝撃的だった。ダニエルにとってその者の存在感は強烈だった。

どうしてそこまで強く在ることができるのだろうか。

この少年とも少女ともしれない小さき者は、本当に己と同じ人間なのだろうか。

よもや魔人や魔女の類でもあるまいが……ダニエルの思考は掻き乱されてしまって、治まりようもなかった。

童の黒髪がサラリと流れ、碧眼《へきがん》が二つ揃ってダニエルへと向けられている。

口が開かれようとしている。どんな言葉がどんな音でもって紡がれるのか。

ダニエルはジリジリとそれを待った。

「……中尉殿、この方が紹介してもらえるという軍曹殿ですか？　どうも聞いていた話とは違うように思うのですが」

「いや、まあ、違うのだが……しかし見知った人物ではある。どういうことなのかな？」

ふと視線をずらしたなら、童の向かいに座っている軍人が目に入った。ダニエルはその男を知っていた。

アクセリ・アーネル領軍中尉である。その階級にもかかわらず雑務であちらこちらに顔を出す男だ。ダニエルの屋敷にも訪ねてきたことがあった。

「アーネル中尉、か」

「ハッキネン男爵におかれましては、お久しゅうございます」

立ち上がって礼をしてみても、どこか愉快げな表情を隠さないのがこの男なのだろう。

ダニエルはそれに構わず目で促した。

貴族としての自尊からした行為ではない。上手く回らない頭ではどう振る舞えばいいかも見当がつかなかったからだ。舌も上手く回りそうにない。

「男爵、これなる子は名をマルコと申しまして、行商人の丁稚《でっち》ということにございます。マルコくん、これなる御方はハッキネン男爵家の御当主であらせられる。君もその御家名を伺ったことくらいはあるのではないかな？　礼儀を正したまえ」

ダニエルは見た。

床に降り、完璧な礼をしてみせるその童の顔を。

そして震えた。

笑顔である。本当に嬉しそうな笑顔だ。

しかしそれは何という笑顔であることか。

ダニエルの心に蕭々と吹いていた風は止み、寂寞《せきばく》として在った灰の砂漠も消えうせた。

恐るべきその笑顔によって全てが焼き払われてしまったのだ。

残余の炎が酒よりも余程に体を熱くする。これがあるいは狂気なのかもしれない……ダニエルは赤心から笑んだ。久しくそうしていなかったように思う。

(そうか、これが本物の……)

言葉もなく見つめ合った時間がどれほどに流れたものか。

「おらぁっ！　儂《わし》が来たぞアクセリ！　非番の日に呼びつけおってからに！」

老いた怒鳴り声が店先に炸裂した。

酔った鼻息も荒々しく、靴音も激しいものとして近寄ってきたその老兵は、アクセリへ向けて大きく口を開けて……そして急に萎《しぼ》んでいった。キョロキョロと様子を窺《うかが》い、今更のヒソヒソ声でアクセリに問う。

「おい、アクセリ、これどうなっとるの？　どういう所へ儂来たの？　いや、笑ってるんでなくて……おい。儂、傭兵と商人を唆《そそのか》したって奴を叱りに来たんだけども……」

ダニエルは笑った。思いがけず大きな声だった。

古い何かが終わり、新しい何かが始まったことを感じていた。

◆第十一話　童話はあまり知りません

貴族には貴族の禁則というものがある。その内の一つが安宿には泊まれないというものだ。服にしろ食事にしろ身分相応のものでなくてはならない。王権によって爵位を授けられた者がみすぼらしくあったなら、それは個人の名誉だけでなく、国の威信をも損なうことになるのだ。

「……というわけでな、他意はないのだ。つまらん部屋だが寛《くつろ》いでほしい」

ダニエルの言葉はその四人にどう響いたものか。

部屋に用意させた酒肴を囲うようにして、平均年齢にしてみれば具合のよさそうな男たちが思い思いに座っている。

「つまりはある種の壮行会ですかな。仲間と語らって酒を酌み交わす。文化に多種多様のあれど、古来よりこれに勝る酒の美味さはありません。男ばかりでは華もない……というわけでもありませんかな？」

一人は、ヘルレヴィ領軍の便利屋とも言われる男、アクセリ・アーネル領軍中尉だ。軍人としての確かな実力を体格に感じさせるだけでなく、何をしても様になる優美さも兼ね備えている。

ここでも場慣れした風で酒杯を取っているが、その余裕ある態度は実のところ人を選ぶものだろうとダニエルは思う。彼にとっては好感の持てるものであっても、例えばマティアス・ヘルレヴィ伯爵辺りには不快であろうと。

「なんじゃい、商売女でも呼ぶ気か？　儂《わし》帰るぞ、そしたら。ただでさえ酒の一滴も溢《こぼ》しにくい部屋なんじゃ……面倒を増やすでないわい」

一人は、ヘルレヴィ領軍の古参兵であるヤルッコ軍曹だ。

伸びた白髭、背が低くガッシリとした体型、そして年中の顰《しか》め面という三役が揃っているからだろうか。ダニエルにはその老兵が絵物語のドワーフか何かに思えて仕方がなかった。

初対面は随分と騒がしいものであったが、これで戦場においては比類ない勇気を見せる鬼軍曹なのだとアクセリは紹介していた。

「いやいや、軍曹殿、そういう意味ではないでしょうから流しましょう流しましょう。中尉殿は怖いもの見たさが時に身の危険を省みるよりも勝るお人柄ですからね。巻き込まれるのは御免です。ええ、私は御免ですとも」

一人は行商人のラウリという男だ。温和な顔立ちにいかにも人好きのする笑みを浮かべている。だからだろうか、いい加減な髭が何とも滑稽な印象となっている。

しかし有為の人物だとダニエルは見ていた。

多くの商家に顔が利き、しかもどこへも角を立てることがない。清廉なだけでなく強い信念のようなものが見受けられる。

そして、もう一人。

「む……何やらそこはかとなく不快感が」

名字もなく年齢も十に満たないその少年の名は、マルコ。

容姿を評するならば黒髪碧眼《へきがん》の美童で、成長の暁《あかつき》にはさぞかし人々を魅了することだろうと思われる。現時点でも肖像画などを描かせたならば面白いことになるかもしれない。

しかし、とダニエルは口の端を歪めた。

「勘違いのないように言っておきますが、僕はもう八歳です。そして貴方方の誰しもが元八歳でしょう。思い出してみることをお薦めします。自らが八歳であった時、大人の揶揄《やゆ》にいかなる憤懣《ふんまん》を抱いたのかを」

困ったものです、と首を振る姿は大仰で道化じみている。おどけて見せているのだ。

ヤルッコが首を捻りわかっていない様子であることも合わせると、とても堪えきれるものではない。アクセリとラウリが大きく笑い声を上げ、ダニエルもまた笑った。

そして誰からとも知れず杯を捧げ合い、呷《あお》り合う。

(この彼を評するに際し、年齢や外見など!)

年齢に合わない大人びた言動をとる童はいる。大人を賢《さか》しらにやり込める童もいよう。

しかしこのマルコはそんな尋常の世界の賢才ではないのだ……そうダニエルは確信している。己の運命が熱く躍動する感触を楽しんでいる。

ダニエルがマルコを追って酒場に駆け入ってより、この夜で三日が経ったことになる。

それは多くの人間の明日以降を変えた三日間であった。

ダニエルの目に映る世界は今や色合いの全てを変貌させている。

今夜ここに集った五人は一つの事業を共にする仲間だ。

ハッキネン護衛団。

団長はダニエル・ハッキネン男爵で、現在は百五十人からの傭兵が所属し、アクセリとヤルッコが部隊長を務める戦闘集団だ。

出資金の過半以上はダニエルが負担し、残りは複数の商家からの協賛金で賄《まかな》っていて、その会計責任者はラウリである。

街道を行く商人の護衛を主目的とし、協賛商家の荷は優先かつ安価で、それ以外についても一般的な護衛よりも割安に引き受ける。荷に被害があった場合は弁償金を支払う。

負ければ終わりの討伐隊ではない。

組織として運営され、利益を上げることで維持される集団だ。多くの商家が協賛したことで経営の見通しは既に立っている。

私事として行うことを強要された事実……それを逆手にとった団名が効果的だったのだ。ハッキネンの家名は看板として絶品である。幻想が味方している。

全てを企画し、整えたのはマルコだ。

そもそも商家と傭兵とを焚きつけて護衛団なる構想を入れ知恵したのは彼なのだ。

更に領軍からも内々の協力を引き出さんとアクセリに接触していたところへ、何の奇縁かダニエルが飛び込んだのがあの夜、領軍仕官らの集まる酒場での出来事だ。

ダニエルの素性と事情とを知ったマルコの行動は早かった。厄介事を押し付けられたとぼやくダニエルに『非公式であれ、領主の了承の下に私兵を運営できるということ』と解釈して組織の完成予想図を描いてみせた。

圧倒されつつもダニエルがそれを承認すると、ラウリと共に商家の説得へと走り、傭兵の募集についてはアクセリに一任した。

本来であれば領軍の尉官に命令する権利などマルコにあろうはずもない。

ないはずなのだが、何故かアクセリは勇んで働いた。

疑問を口にしたダニエルに対してラウリが言った言葉は『マルコの周りではそういう不思議はまあること』だ。

当のアクセリはといえば、傭兵を選抜する傍《かたわ》ら、いつの間にか領主からハ・ッ・キ・ネ・ン・男・爵・の・監・視・任・務・なる命令書を受領してきていた。

「雑用といえど厭《いと》わず真面目にやっておくものですな。面倒事を発案し、自らそれを志願したところで、疑われることもなく任じてもらえます。まぁ、喜ばれることも評価されることもありませんがね」

ついでとばかりに、ヤルッコの長期休暇申請までも通してきたのだから徹底している。

休暇を取る理由を健康上の問題にしている点は恐らく笑うところなのだろうと判断し、ダニエルはそれを実行したものだが、結果として老兵は臍を曲げてしまった。

すぐに謝罪したが、回復はマルコがかけた言葉のお陰だろう。

「貴方が兵として屈強であることは、貴方を知る誰もが理解するところです。僕もまた一目でそれがわかりました。中尉殿はそれを承知の上で、方便として健康を理由にしただけです。男爵様が笑ったのも、それが笑い話にしか聞こえないほど、貴方が覇気に満ちているからですよ」

ブツブツと文句を言いつつも、コロリと機嫌のよくなったヤルッコであった。そして嬉々として採用された傭兵たちの輪へと入っていく。

歴戦の古兵である彼を知る者は多く、貴族だろうが何だろうがお構いなしに叱りつける剛毅《ごうき》は広く慕われているのだ。情に厚く、あれで面倒見もいいのだから尚更である。

ダニエルはといえば、組織の代表として随所に挨拶回りをする役目が多かった。

お膳立ては全てマルコである。

商家との会合や団員への閲兵も重要な仕事だ。書類への署名捺印も行わなければならない。無聊《ぶりょう》の日々を暮らしてきたダニエルにとっては全てが楽しかった。

かくして怒涛のような三日間が過ぎ去って、この夜に酒杯を傾けるに至ったのである。

「しかし、元八歳にはまいったな。やはり現役の八歳の言うことは一味違うものだ」

そうダニエルが蒸し返してみれば。

「こんな坊主が二人といるものか。大人がいらんことになるわい」

ガブリと酒を喰らいつつヤルッコが無礼口を叩く。この老兵は自らの経験した数知れない戦場のどこかに礼法の全てを置き捨ててきたらしい。

ダニエルは「それもそうか」と返した。つくづく酒が美味い。

「確かに、マルコが二人三人といたなら大変な世の中になるでしょうなぁ」

アクセリはさも堪らないとばかりに溜息をついたが、その口端はクイと上へ歪んでいる。そしてダニエルへと向けられた視線には鋭利な光が宿っていた。

「一人ですら、かくも世界へ影響する子です。『三つ首蛇王』の寓話を思い出しますな。黄金の葡《ぶ》萄《どう》を護るはずの魔力は、それぞれの首がそれぞれに偉大であるがゆえに乱れ、結局は葡萄を喰われてしまった……〝白狼君〟によって」

それは童が寝物語に読み聞かせてもらうような、由来も定かでない物語の一つだ。

ダニエルは勿論知っているし、それを口にしたアクセリの意図も理解していた。自らの口端もまた歪んでいく。

アクセリはダニエルに考え違いはするなよと釘を刺しているのだ。

マルコを蛇の頭の一つ一つになぞらえたように聞こえるが、それは違う。むしろ蛇はダニエルでありアクセリであろう。

さりとて葡萄がマルコというわけでもない。

恐らくはハッキネン護衛団が葡萄なのだろうとダニエルは推し量る。蛇王のたとえと諸共に、事業と自分たちとを多少とも卑下する意図もあるかもしれない。

何故なら、白狼君こそがマルコのことだろうからだ。

孤高にして誰よりも賢く、誰よりも鋭い牙を持つ白銀の狼。

寓話世界の英雄であり、その苦難と栄光の冒険に子供たちは喝《かっ》采《さい》を送る。教会の訓話よりも夢中になる。ダニエルもまたそうであった。

そして物語の数ある名場面の内でも人気のある一つに、〝猿王の勘違い〟というものがある。

白狼君はある時ひょんなことから木の上の猿王に協力することになった。

地に降りることを厭う猿王のために走り回り、猿王に多くの利益をもたらす。

それは白狼君にとっては善意であったのだが、猿王はそれを木の実欲しさからの忠誠であると勘違いしてしまった。居丈高に命令を口にするようになったのだ。

その結末は三つもある。読み聞かせる子の年齢や性格によって使い分けられたのだろう。

一つでは、白狼君は木を駆け登って猿王を噛み殺す。

一つでは、白狼君は木の根元を噛み折ることによって猿王を地に落とし、大怪我を負わせる。

一つでは、白狼君はただ立ち去ることによって猿王を見捨てる。

ダニエルが好んだ結末は最後の一つだった。

猿王への哀れみや優しさによってではない。むしろ逆だ。それが最も猿王を苦しめるものに違いないからだ。

誰かを憎み敵愾心を燃やすことはどこかで甘美だ。

しかしただ無言で見捨てられたなら……長い孤独の末、猿王は己と木の実とをどのような思いで見つめることとなるだろう。そしてどのような最期を迎えるだろうか。それはとても残酷なことだとダニエルは考えたのだ。

だから、ダニエルは答える。

アクセリの視線を正面から受け止める。

「白狼君の物語は私も好むところだ。彼の者の征く道を輩として歩めたなら、それはさぞかし誉れであろうな。そして猿王の類を見かけたならば代わりに走ることもしよう」

マルコが人の形をした白狼君ならば、その前途には多くの困難や障害が立ち塞がるに違いない。

寓話の白狼君は傷つきながらも全てに打ち勝ったが、現実とは物語よりも惨たらしく恐ろしいことをダニエルは知る。

勇者と呼ばれた男は敗れて死んだではないか。

魔人と呼ばれることとなった男は勝った後にすら死んだではないか。

ダニエルには予感がある。露払いが必要なのだと。

障害の種類に応じて、それを代わりにかぶる人間が必要となるだろう。

ハッキネンという幻想をまとう自分には、きっと、自分にしかできない役割があるだろう。

「それはいいですな」

アクセリは実に嬉しそうに言って、悪戯な笑みを深くした。

「代わるもよし、共に噛みつくもよし、先んじて射落とすもまたよし。人は己の器にあった仕事をしている時のみ見苦しさから逃れられるというもの。いやはや、最近の私は中々に男前であると自認しておりますよ」

ああ、とダニエルは破顔した。ここには既に先達がいる。

「白狼君ですかぁ……私は昔っから、そのフサフサの尻尾につかまってみたいと思ってました。凄い世界を見られそうですし、何より気持ちよさそうです」

ここが大事なところです、とばかりに片目を閉じなどするラウリだ。この男はとにかく察しがいい。そして場を和ませる。聞けば誰よりも早くマルコと出会ったらしい。

ダニエルはそれを羨ましいと思うと同時に、一つの危惧《きぐ》を感じていた。

「今更かもしれないが……ラウリは本当に構わないのだろうか。護衛団の事務方責任者ともなれば、多くの時間を私と共に領都で過ごすこととなる。今までのように自由な行商はできなくなると思うが」

言外に問う。それはマルコと過ごす時間の減少を意味するのだと。

実は村長の息子だというマルコは村に帰らなければならない。その場所は辺境だ。いずれ大きく飛び立つことは疑いないが、やはり八歳という年齢には制約がかかる。

「勿論、構いませんとも。男爵様におかれましては、ご心配をいただきありがとうございます」

ニコニコと答える姿には嘘がない。

しかしダニエルの心配は晴れない。

護衛団の本拠を置く領都にラウリがいてくれなければ困るのは確かだが、かといってマルコから腹心を奪うような真似はしたくなかった。

その顔色をも察したのだろう。ラウリはチラチラとマルコの方を窺《うかが》いはじめた。

ダニエルがそれを追ってみたならば、果たしてマルコは大きく溜息をつくのだった。

「その方が商売がはかどるのです」

意外な言葉が少年から飛び出した。

仕方がないといった風で立ち上がったマルコであるが、そのくせ何とも楽しそうに解説を始めたものである。

「皆さん、最近巷で評判の白透練《はくとうねり》という薬を知っていますか？　あれの製造販売は僕らが行っているのです。これはできる限り秘密にしたいことなので、誰にも話さないでくださいね？」

驚く周囲を嬉しそうに眺め回して。

「実は二つのことに困っていたのです。一つは製造量拡大のための設備拡充。一つは販路拡大のための増員。資金はあるのですが、上手くやらないと怖い人たちに狙われてしまいますからね」

少年の小さな手が指折り数え上げていく。

領主、貴族、商家、盗賊。

「ハッキネン護衛団は本拠こそ領都ですが、その性質上、人員を増強しつつ領内各所へ分所を設けることになります。兵の駐屯は勿論ですが、相手は馬賊ですから馬も必要ですね。それら全ての管理責任者たる者は何を得ると思いますか？」

もう一つの手で数え上げていく。

販路、輸送人員、厩舎、営業所。

そして両手を胸の前で合わせてみせた。

「お陰さまで全てが上手く運びそうです。ごちそうさまです」

ペコリと礼をし、ニコリと微笑んだ。

気付けば誰もが立ち上がっていた。

呆気にとられ、ただただマルコを見つめ続ける時間がしばらく流れて……年の功だろうか、ヤル

ッコが鼻を鳴らしてぼやいてのけた。

「……こんな坊主が二人といてたまるものか。大変なことになるわい」

部屋に笑いが弾けた。

それは宿の格式からいうとあってはならないほどの大音量で、周囲からの苦情を受けたのだろう店主にごく丁重に自重を求められたダニエルは、それでも堪え切れない笑いを苦心して手で押さえつつ、済まぬ済まぬと金を握らせたものだ。

その後、ダニエルはもう三度ほども金を握らせることになった。壮行会は沸いた。

第十二話　人探しは大冒険です

水音を伴奏にして朗々と歌声が流れていた。

「いざや漕ぎ行け東《ひんがし》の、大きな淵と瀬、北南《きたみなみ》」

ギイギイと船尾に櫂《かじ》が軋んでいる。北風が強い厳冬の船路を北へと遡《さかのぼ》る小舟である。

人の抗いがいじましく音を立てて、生の露骨を水面に垂れ零していくかのようだ。

「氷も山も砂も木も、水の上にはありもせず」

大陸東部を領有するアスリア王国には二つの魔境が存在する。

北東の果ての死灰砂漠が一つであり、南の果ての塵夢森がもう一つだ。

大陸最大の魔境はといえば命凍てる大氷原がそれであり、人の世界とそことを隔てるように東西へ連なる天境山脈もまた、深く立ち入れば恐ろししが待っているだろう。

アスリア王国にとってもエベリア帝国にとっても共に北限と定める天境山脈だが、そこに水源を持つ二大河は水量豊かだ。大陸東部にあっては東龍河がアスリア王国を縦に分断するように南へと流れる。

しかし海に至る河水の旅の終わりを知る者はいない。東龍河の下流域に広がる森こそ塵夢森だからだ。

塵夢森……それは魔性の支配する大森林である。

船べりで剣を抱えていた男は小さく身じろぎし、外套《がいとう》の首回りをわずかに掻き寄せた。緑色の頭巾の下で凛々しい眉が眉間の皺《しわ》を深めている。

男の名をベルトランという。

剛の者との自負もあった体躯は今やべっとりと疲労に汚されていて、まるで剣を杖にして縮こまっているかのようだ。そんな己の不甲斐なさを思い、ベルトランは更に眉間を皺寄せる。

信仰は胸に煌々として在り、進む道に迷いなどはない。

しかし、今の彼は主命を果たしきれなかった男なのだ。

マルコからジキルローザの探索を命じられて二年余り、ベルトランはアスリア王国を広く巡っていた。それは困難を呼吸し、積雪の畑に落ち穂を探すかのような探索行であった。

何しろ顔も知らない人間を探すのだ。簡単なはずがない。

あの運命の死地において見かけたのかもしれないが、戦場の混乱の中で目に焼きついているのはサロモンの姿ばかりというベルトランである。

相手が少数民族の特徴的な外見を備えていることだけが救いだが、それにしたところで彼女の他にも同じ出自の人間はいるのだから、結局は振り回された。

ベルトランが手始めとして赴いたのはアスリア王国の王都である。

あの〝聖炎の祝祭〟の日、サロモンが火炙《ひあぶ》りにされた正にその場において、ジキルローザは王国兵によって身柄を取り押さえられたという。村娘を装って広場に潜り込んでいたところを発見されたのだ。

当時、サロモンは王都にあって孤立無援だった。

エベリア帝国軍を壊滅させた際に率いていた軍は完全に解体されていて、配下であった武将たちはそれぞれに転属、その多くは行禍原《イクマガハラ》に近い前線に詰めていた。

義勇軍は一兵残らず解散させられただけでなく、所属していた者たちは向こう一年間に限って行動を監視さえされた。

王も、教会も、そして大衆すらも……一体どれほどの人間がサロモンの影響力を畏《おそ》れていたのだろうか。

尊敬も恐怖も縛られているという点では同質だ。あの地で死を司っていたサロモンは、戦地を離れてなお全てを支配していたのだ。

ベルトランは頷くのみだ。誰も逃れる術などない。死とはそういうものなのだから。

切っ掛けは王女の発言だったのかもしれない。しかし狂宴に炎を燃え上がらせたのは万民の心という油だ。当然だろう。不安を排するためならば何でもするのが社会なのだから。

だからこそ、とベルトランは驚嘆《きょうたん》する。

ジキルローザの行動は当時の社会を全面的に敵に回す行為だ。殉教者の姿と言っていい。

大衆の熱狂は間違いなく彼女の死を欲したはずだ。あるいは連行されていく姿を見ていずこかでの死を信じたのかもしれない。

しかし殺されていない。

教会に身柄を引き渡されたジキルローザはその後無事に解放されていた。

情報の確度は高い。かなり金を使ったが、当時教会でジキルローザの身の回りの世話をしたという老婆に話を聞けたのだ。

仲介人からは既に老いから狂っていると聞かされていたが、薄汚い小屋に老婆を訪ねた時、ベルトランはそれが世を欺《あざむ》くための嘘に過ぎないと見抜いた。

その老婆もまた少数民族の人間だったからだ。

大氷原に隠れ住むとされるその民族は浅黒い肌と赤い目を持つ。そして抗老長寿の特徴を持っているのだ。老いの常識はまるで当てはまらない。

嘘か真か絵物語の敵役として知られるダークエルフを祖先に持つとされ、長生きの者では百五十歳以上も生き長らえ、その上で腰も曲がらないという。

小屋に篭っていた老婆もまたぴんしゃんとして理知的だった。

ベルトランの目的については最後まで信じることをしなかったが、少なくとも害意はないと伝わったようで、ボソボソと当時のことを語ってくれた。

死んだような様子で連れてこられたジキルローザは、その後もいかなる感情を見せることなく、まるで彼女の周りだけ時が止まったかのように過ごしていたという。

時折、魔眼とも謳《うた》われた紅の瞳が虚空《こくう》を凝視していることがあって、それはどんな場所にあっても南の方角ばかりを向いていたのだとか。

また、ジキルローザは捕虜というよりは客人の扱いであったという。

取調べや尋問もなく、ただ世間から隔絶された空間に軟禁しておくようだったと老婆は述懐《じゅっかい》した。

丁重に放置されていたということだ。

唯一、時折だが面会に来る人物がいた。その者の名はベルトランも知っていた。

ヨアキム・ベック。

現在は司教として教会に確かな勢力を持つ中年男性だ。

ジキルローザが捕まったその日その時その場所ではまだ司祭の身分であり、壇上にて身振りも口振りも激しくサロモンへの火刑《かけい》を指揮していた男である。

サロモンを助けようとした女を、サロモンを殺す音頭を取った男が訪ねる。

その意味するところがベルトランにはわからない。

老婆もまた知らないという。

慈悲《じひ》なのか、嘲笑《ちょうしょう》なのか、あるいは教化の試みででもあったのか。

まるでわかりはしないが、しかし、ジキルローザが無事に解放されたのはヨアキム・ベックの指示があったからである。それは間違いないと老婆は断言してみせた。

ジキルローザはほとぼりが冷める頃合いを見計らって自由の身になった……そんな結果だけが残り、ベルトランは困惑した。

そして同時に感嘆の思いを抱いた。それがマルコの予言した通りであるからだ。

『一時的に教会に捕縛された可能性はありますが、無事に解放されているはずです』

如何なる知見と予見とによって紡がれた言葉なのだろう。

戦場の剣の間合いにのみ死を探求していた頃をば、何とも愚かしいことよとベルトランは振り返ったものだ。真に死を統べたる者は、大陸の端から端までを死の射程に捉えているのではないか……そう思ったからだ。

他方、ベルトランは予想以上に手掛かりがないことに悩まされた。

世間を憚《はばか》ったものか、安全を考えて隠匿したものか、どちらにせよジキルローザは秘密裏に解放されていたのだ。早々にして足取りがわからなくなったのである。

そこでベルトランは二つの手段をもって探索を続けることにした。

一つは、手下たちを広く王国中へ散らせて、少数民族の若い女を一人一人確認させるという方法である。

顔はわからなくとも猛者であることは間違いない。金も時間もかかるだろうが、裏社会から聞き込めば情報を得ることはできると思われた。

もう一つは、ベルトラン自身がサロモン所縁の地を辿るというものだ。解放後のジキルローザの心情を慮《おもんぱか》った結果である。

サロモンを失った彼女は彼の面影や息遣いの跡を求めてそれらの土地のいずれかに足を運ぶかもしれない。二人がどのような関係にあったかは定かでないが、火刑現場での命懸けの行為を鑑《かんが》みれば充分にあり得ることと思われた。

そしてベルトランの旅が始まった。

王都から近い順に戦場へ町へと渦を巻くように辿っていく。各地でサロモンを知る者たちを訪ね歩き、多くを聞いてから次の地へと向かう日々だ。

それはマルコという主を奉るベルトランにとっては聖地巡礼の旅とも言える。ジキルローザを探しつつも、サロモンの偉業を聞きまとめていく道程であった。

サロモン・ハハト。

彼はアスリア王国王都北面に位置するマルヤランタ侯爵領の農村に産まれた。彼を産んだ母は早くに亡くなり、後妻に疎まれて奉公へと出された。

生さぬ仲ゆえの確執をそのように解決することを、村の古老は感心しないという風に語っていた。

サロモン少年の利発は村でも期待されていたようだ。

サロモンの父も義母も既に死んでいた。病没とのことだ。

奉公先となったのは領都の商家である。今も大店として知られるそこの番頭が言うには、サロモンは極めて優秀な商人であったそうだ。丁稚《でっち》から入って手代、番頭とトントン拍子に出世していったらしい。

「私なんていつも教わるばかりでしたよ。厳しい人でしたが公平な人でもありましたから、慕う者たちは多かったですね。あんまり優秀なんで敵も多かったのですが、まぁ、二、三人も社会的に抹殺してのけたら……表立って逆らう人間はいなくなりましたねぇ」

なかなか怒らないが、一度その気になれば犠牲者を出さずにはおかない……そういう商人であったようだ。番頭はどこか楽しそうに語っていたものだが、最後は残念そうに言った。

「魔人サロモン、ですか……やはり戦争が彼を狂わせたのでしょうかねぇ？　もしくは魔女の薬を飲まされたとか。私にはどうにも堪りません。表立っては冥福を祈ることもできませんしね」

サロモンと丁稚時代を一緒に過ごしたというその番頭は、困ったように笑って、店に戻っていった。報酬にと用意した金には一切手をつけようとしなかった。

軍人サロモンが誕生したのは、アスリア王国に勇者が立ってすぐのことだった。

教会が聖定の儀をもって選抜した勇者は、救国の旗頭《はたがしら》としてよく軍を統率し、ジリ貧のアスリア王国に反攻の勢いを盛り上げた。

戦線は西で東で変移し、商人たちもそれに合わせて物資の搬送を盛んにした。

そんな折のことだ。

とある砦の兵がエベリア帝国軍に誘引された上に打ち破られ、その勢いのままに砦が囲まれてしまった。兵は混乱し、それを統率するはずの将も捕まるか寝込むかしている。

偶然か必然か……その砦に物資の搬入のため滞在していた男がいた。サロモンである。

サロモンは番頭として部下の商人たちに指示し、物資という物資を砦の外へと運び出させた。

驚いたのは両軍どちらともである。

王国軍にしてみればそんな命令を出した覚えはないし、帝国軍にしても降伏するより先に物資を差し出されるなど想定の外だ。

誰もが口を出せないでいた間に運び終え、サロモンは勝手に開いた門をまた勝手に閉めてしまう。

門前に積み上げられた物資は、砦の内外からさぞ呆然と眺められたろう。

「そして旦那は言ったもんよ！　まだ代金を貰っていないので好きにした。そちらも戦うか逃げるか好きにすればいいだろう、とな！」

酒を呷《あお》りつつ捲くし立てたのは、当時その砦に義勇兵として詰めていたという男だ。町でも厄介者として認識される前科者だが、その罪状はベルトランにとって好感の持てるものだった。器物破損、暴力、騒乱……それらを起こした原因が旦・那・の・悪・口・を・聞・い・た・というものだからだ。

彼の言う旦那とはサロモンのことである。

「戦おうにもよ、物資は出されちまったから篭城はできねえ。まあ、篭城したって援軍が来る当てもなかったんだけどよ。かといって数で負けてる上に指揮官が怪我して寝込んでやがるから、当然、正面から戦えるわけもねえ」

身振り手振りで熱心に語る元義勇兵は、だがな、と獰猛に笑ったものだ。

「そこで俺らはわかったわけよ。こりゃもう我武者羅《がむしゃら》に逃げるしかねえってよ。旦那が無茶する前は、こう、何となく、怪我した指揮官と一緒に篭城するしかねえと思ってたんだがよ。考えてみたらつまらねえことだよな、そりゃ。しかも悠長に考えてる時間もねえときた」

そして彼らは行動を起こしたのだ。誰からともなくサロモンの指示を仰いで、敵の少ない側の門を開いて、吶喊《とっかん》をもってする脱出の敢行である。

指揮の混乱した中だからこそなし得たことだ。

わけがわからず戦意のぼやけていた敵陣へ、己の命を拾わんとする狂猛な一団が駆け入ったのだ。

戦場は相当に混乱したことだろう。

犠牲を出しつつも多くが敵陣を突破し、しかも追っ手はかからなかった。

砦は健在の上、大量の物資が目の前にただ置かれているのだ。

走った連中の身なりが貧相だったことも作用したのかもしれない。少しでも地位がある者は指揮官を捨て置けず残ったのだから。

「だがよ、それで終わりじゃなかったんだ。旦那は先が見える。俺らは軍に戻らなきゃ逃亡罪も関係ねえと考えてたんだが、それじゃ生きるにも窮屈だろうと言うんだ。そんでよ、落し物を拾いに行くからちょっと付き合わないかと誘ってきたのよ」

そして一つの策が成る。

サロモンは逃亡兵を糾合しつつも、同時に先の戦いで散り散りになっていた砦兵たちを呼び集めたのである。

拝借してきた旗を立て、指揮官は砦と運命を共にするため決死の防戦をしていると謳い、奮闘した者への褒賞をすら約束して……陥落間際の砦へ強襲をかけた。

門前への物資の集積などはただの目眩ましだった。

サロモンの狙いは砦そのものを生餌とすることだったのだ。

商人には物資を捨てられ、多くの兵には逃げられ、しかも曲がりなりにも一戦をしてくれたものだから降伏もできずに決死の篭城戦を強いられた砦兵たち……彼らを哀れむべきか。

それとも、目の前に積まれた物資の扱いに困惑したところを飢狼のような一団に突破され、戦意も新たに砦へと攻めかかれば血眼の抵抗を受け、更には勝利目前の背中に刃を突きたてられた帝国軍……彼らを哀れむべきか。

戦場は混乱の坩堝《るつぼ》と化し、エベリア帝国軍の撤退をもってアスリア王国軍の勝利と相成った。

指揮官は死なず、砦は奪われず、物資もまたその場に全て残された。むしろ鹵獲品《ろかく》の分だけ増えた始末だ。

「そんでよ、旦那は言ったんだよ。この物資の所有権は未だこちらのものだから、こちらの都合で納入量を少し減らすってよ。んで、その減らした分を俺らに配ってくれたんだよ。褒賞だっつってな！」

王国軍の責任者たちの口論は喧々囂々《けんけんごうごう》として第二の戦いを繰り広げるも、激する戦況が多くの妥協と打算とを生み、結論としてサロモンは軍人になった。

現地志願で義勇軍に所属したという体裁をとっての強制徴兵である。処罰はしないが死んでこい、ということだ。

そのことが王国の運命に大きく作用するのだと、当時の誰が知れたろう。

「……勇者が何だっつぅんだ。お綺麗に死んだら偉いってのかよ、ええ？　旦那は勝ちの天才だったんだ。放っておいたら砦ん中で惨めに負け死ぬしかなかった俺らに、勝ち鬨《どき》を吠えさせてくれたんだよ。それが何だ、畜生、もう負ける心配がなくなったって途端に旦那を殺しちまいやがって……畜生、畜生め!!」

戦傷なのだろう。ベルトランは片腕片足のその元義勇兵に多めの金を握らせた。

その後も何人もの元義勇兵に出会ったが、その誰もが胸にサロモンへの想いを秘めていたものだ。言葉に熱があった。それは憤怒であったか哀悼であったか。

サロモン軍。

そう呼称される集団ができるまでに、時間はかからなかったという。

ベルトランはその理由を元義勇兵たちの言葉から推察することができた。

勝利である。

親鳥が先か卵が先かという話になるが、サロモンは率いる兵に勝利を確信させるがゆえに勝利するのだ。戦えば戦うほどに求心力を増していったに違いない。

幾つの町を巡ったろうか。

幾つの元戦場に立ってみたろうか。

サロモンの人生は王国を北へ北へと歩んでいって、あの死地にベルトランを打ちのめしたる後、王都へ戻り炎の中に没して終わることとなる。その炭と化した死体は墓に入れられることもなしに、ただ乱暴に川へと放り捨てられた。

そして一人の女性が捕縛されたのだ。

長い旅を終えても、ジキルローザの足跡はどこにも見つからなかった。

手下たちからの情報も彼女とは関係のないものばかりだった。

いよいよ打つ手がなくなった時、ベルトランは南へ向かうことにした。

少数民族の老婆が話していたことを思い出したのである。魔眼とすら言われた彼女の目が、何度となく南ばかりを見つめていたということを。

あまりにも曖昧な情報だが、もはやそれに縋《すが》るよりなかった。そして光明を得た。

塵夢森。

南の人外魔境であるその大森林に近い小村で、ついにベルトランは有力な情報を聞くことができたのだ。以前は羊飼いだったという男が、ジキルローザらしき女が森の方へ向かうのを見たという。

それが本当に彼女だとしたならば、他のどこにも見つからないはずである。

そしてベルトランは魔境へと分け入り……筆舌にし難い体験をして、今、舟に揺られているのだ。

「南の魔境は魔女の森、人の子入らば魂枯《たまが》れる」

船頭の歌声を背中で聞く。その部分の歌詞だけは奇妙に心をざわつかせるから、ベルトランはギュッと剣を握り締めて耐えた。嫌な汗が頬《ほお》を伝う。

(主《しゅ》に一度報告した後は、次こそ、この命を賭して……！)

一際冷たい風が吹いた。

見やったならば……遠く天境山脈の稜線《りょうせん》が、澄んだ空に尖り並んでいた。

◆幕間連話　あの空の向こうへ、想いを

剣撃の調べには聞く者を黙らせ、息を張り詰めさせるところがあるようだ。

静から動へ。

打ち合わされる竹束剣の激突音はきな臭さも振りまく。見守る者らの視線を否応なしに引き込む。呼吸を忘れさせる。息苦しくさせる。

動から静へ。

鍔迫《つばぜ》り合いの拮抗は軋む音の中に剣呑な力の充足を感じさせる。見守る者らの緊張を弥《いや》が上にも高める。手に汗を握らせる。腹に力を入れさせる。

「おりゃあ！」

とオイヴァが力任せに押し込んだならば、

「おうさ！」

とアクセリが身を翻《ひるがえ》し、間合いを開きながら高速の連撃を繰り出した。

僅かの間に竹束剣が幾度も激しく打ち鳴らされて、しかも終わらない。

離れた途端にすぐまた近づき連打が交わされる。

もう鍔迫り合いにならない。

目まぐるしく竹束剣が振るわれ、両者の間には玄妙な剣筋が描かれていく。

それは剣舞か。得物《えもの》を打楽器の如くして。

やがて静寂が訪れた時、ラウリは大きな大きな深呼吸をもって日常に回帰したのだった。

疲労感すらあった。自分が試合をしたような気分である。

「相変わらず見事な腕前だな、オイヴァ。剣の術理に奥深さがある」

「好き放題に攻めておいてよく言うぜ、アクセリさん。こちとら仕事前だってのによ」

戦士二人が握手したところで、周囲から音が弾けた。

拍手と歓声だ。

いずれも腕に覚えがあるだろう屈強な男たちが口々に感想を述べながら二人を囲んでいる。ラウリにはわからない剣術のあれこれを論じながら、方々で竹束剣が実際に振られている。

勇ましい光景だ。

ラウリは何とはなしに両手を開いたり閉じたりとしてみた。

ここはハッキネン護衛団の練兵場である。ヘルレヴィ領都にもほど近い立地だ。

牧場を丸ごと買い上げたもので、軍馬の育成を行いつつ団員の訓練もまた行っているのだ。

宿舎も屋内訓練場もある。その内に娯楽施設として酒場も建てようという計画まであった。今のところ酒宴は野外か屋内訓練場を会場としている。

「凄い試合だったなぁ……お金が取れそうって考えちゃうのは職業病かなぁ」

ラウリは誰にとはなしに呟《つぶや》いたものだが、返答はやや低い位置から不機嫌な声音で届いた。

「ふん、名案じゃの。いい見世物じゃったし」

「これはヤルッコ軍曹、見てたのですか。二人の戦いぶりには凄いものがありますね」

「確かにそうじゃが、後半は遊んどったぞ？」

「あ、あれでですか？」

「実戦は技の多彩で戦うもんじゃないからの。掴みも足絡みもなし。剣にしても同じ技は一度もなし。なしなし尽くしでしょうもなし、じゃ。剣も軽いしのう」

そう言いつつも、老戦士の手にもまた竹束剣が握られていて、その柄は手垢で茶黒く汚れているのだ。鍔にも欠けたところがある。

人混みが分かれた。オイヴァが調練を切り上げるようだ。

「ほんじゃ、行くぞ。今日の仕事は遠いんだ。忘れ物すんなよな」

その声に応じて幾人もの男が後に続く。見送る男たちが「頑張れよ」、「死ぬんじゃねえぞ」などと声をかけている。

彼らはこれから護衛の任務に就くのだ。

発足してもうじき一年、ハッキネン護衛団の経営は順風満帆《じゅんぷうまんぱん》である。

各地に営業所を設けたことがそのままに宣伝効果を生み、領都以外においても順調に依頼が増えてきている。間もなく晩秋を迎えたならば貢納《こうのう》に絡んで更なる盛況が見込めよう。

所属する傭兵の数も増えた。既に五百人を数えている。

安定した仕事と収入とを求めて応募者が多く集まったからだ。

帝国との戦争が休戦に至ってからもう長い。たとえヘルレヴィ領に馬賊が跳梁《ちょうりょう》するとはいえ、王国全体で見れば傭兵の需要は縮小の一途にある。力を活かせずにいた者は多い。

オイヴァもまたそんな一人と言えるだろう。

彼の入団はマルコの真っ先の推薦によるものだが、護衛団について説明されたオイヴァはすぐにラウリらと合流せず、領都の護衛団本部にはひと季節も遅れてやってきた。

何と数十人からの仲間を集めてきたのである。

元傭兵、元軍属、道場上がり、流れの兵法者など、オイヴァの連れてきた面々は誰も彼も腕利き揃いだった。それもそのはずで、全員が剣術仲間だという。

しかもそれぞれに奇妙な一芸を持った人間たちであった。

ある者は薬師としての知識が豊富であり、またある者は煙突掃除に巧みだった。曲芸使いや料理人もいる。そうやって暮らしていたからだ。

今の世を疎んじ、己の武を隠し燻《くすぶ》っていた男たちなのだ。

オイヴァはマルコと出会った折にいずれ活躍の時節が来ることを告げられていたという。そして彼なりに同志を募っていたようだ。それが忙しくなってしまったための合流遅参である。

人情家の彼らしいことだとラウリは思う。

マルコもオイヴァのそんなところを認めたものだろうか。

「ラウリじゃないか。ここに姿を見せるとは珍しい。一つ、軍事教練を引き受けようか？」

気さくに近づいてきたのは、今の試合のもう片方の戦士、アクセリである。

汗を払って手拭いを手首に巻く様が妙に粋だ。どんなことをしていても格好がつくのは、やはり彼の男振りがいいからだろうか。

「あはは、勘弁してくださいｰ。放牧場の方を見に来たんですけど、思わず見入っちゃってたんですよ。アーネル中尉の剣捌きを拝見するのは初めてでしたし」

「そうだったかな？　まあ、剣においてはあんなものさ」

ニヤリと笑ったその意味をラウリは知る。

このアクセリ・アーネルという軍人はとにかく器用だ。

武器を持っては剣以外にも槍、槌、棒、弓など選り好みせずに全てを巧みに使うというし、馬術も達者で騎乗戦闘、騎兵指揮、何でもござれだ。まるで苦手のない人物なのだ。

知識においても軍学に長けるばかりではない。歴史や詩文、音楽や舞踏など広く学問教養を修めていて、それは彼が下級ながらも貴族であることを証明している。

爵位なき貴族には軍人になる者も多い。

さりとてアクセリほどに万能な男も珍しいだろうとラウリは思うのだ。

事務仕事も外交仕事も何事も上手くやるし、団員の募集と選抜も精力的に行っている。情報の分析についても鋭利で、軍事面に限らず護衛団の中核として大いに能力を発揮している。

どうしてこれほど優秀な人物が辺境巡察官などを務めていたのだろうか。

ラウリとしては首を捻るばかりだが、それが縁となりマルコと出会ったと聞く以上、その過去を歓迎こそすれ不審がることもない。

「おう、アクセリ、ちょっと出かけてていいかの。儂《わし》」

「ん？　もうしばらくしたら模擬戦がある。軍曹は片方の指揮官だが」

「わかっとる。それまでには戻るわい。ちょいと誘いたい奴がおるんじゃ」

言うなり、ヤルッコはズンズンと歩き出した。しかしすぐに立ち止まり、チラと振り返る。

「ほれ、行くぞ。もう本部に戻るんじゃろが」

「え、私？　あ、はい、そうですけど……一緒に行くんですか？」

返事もせずに先へ行ってしまうその背中をラウリは慌てて追った。

ずんぐりとした背格好であるにもかかわらずヤルッコの歩みは速い。兵の歩調というものか。

小走りとなって追いつくと、チラとまた視線がやってきて、フンと鼻が鳴った。この人物はドワーフに似ているとラウリは思う。

「模擬戦をやるんですか？　模擬戦をやるんですね？」

「なんじゃ、見たいのか？　辛気臭い内容じゃぞ？」

「え？　それはまたどうして」

「騎兵の攻撃を歩兵で耐え忍ぶっちゅう想定だからじゃ。指揮、騎兵の方はアクセリ。歩兵の方は儂。地味ぃな戦いになること請け合いじゃわ」

嫌そうに言ったものだが、ヤルッコは堅実で底力のある指揮をするという評判だ。

彼は今年で六十代も後半に差し掛かる高齢だが、その人生のほとんどが軍歴である。兵卒としてのありとあらゆる経験を積んでいよう。

その熟練は護衛団の調練において大いに役立っているという。

戦歴自慢の傭兵たちにしたところで誰もヤルッコほどには戦場を知らないからだ。

およそ経験してきた修羅場の数が違うのだ。

乗り越えた死地の数だけ、古兵の言葉には理論とは別のところの力が宿るのだろう。歩く戦史ですらあるのかもしれない。

「騎兵相手の徒歩戦は埃《ほこり》を吸って敵わん。気が乗らんわい」

「そういうものですか……それでもやるのは、やはり馬賊対策で？」

「まあの。荷は速く走れんからな」

ヤルッコの口調には忌々しさが込められていた。

護衛団は既に何度か馬賊との戦闘を行っている。

恐るべき機動力を相手にして本格的にぶつかったことはないものの、負傷者は数多いし、戦死者も複数名が出ている。荷を奪われたこともある。

現状、馬賊の討伐は極めて困難だった。

まるで雲間から飛び出すようにして彼らは駆け来る。襲うも奪うも逃げるも、全てが疾風の如き速さの内だ。アクセリをして『あれは討てん』と言わしめたほどだ。

練度においても規模においても未だ護衛団の及ぶところではないのかもしれない。

それでも民間の被害は減じた。

護衛団は商家の評価を得た。

何故か。

馬賊は民間に対しては無理な攻撃を仕掛けてこないからだ。

こちらがある一定以上の兵力でもって守備を堅くした時、馬賊は荷に固執しない退却を見せるという。当たれば勝てようという兵力差であってもだ。

その一方、ヘルレヴィ領軍の護る輸送部隊については今も被害が出続けている。アクセリを通じて伝わってくるその内容は惨憺《さんたん》たるものだ。領軍は一度として馬賊に勝利していない。輸送計画は変更に変更を重ねて混乱し、それがまた被害を拡大させるという悪循環に陥っている。

商人の知覚はそこら辺りに鋭い。

昨今は領軍の動きを避けることが商家の常識になりつつあった。とばっちりは御免の心理である。

馬賊が現れる以前とはまるで逆だ。

領軍は頼れない。護衛団は頼りになる。

そんな評判も聞こえてくるのだから、ラウリとしては嬉しいやら悲しいやらだ。

護衛団の経営が上手くいくことは望ましいが、やはり領内の治安は高いに越したことはない。犯罪とは何にせよそのしわ寄せが弱き正直者のところへと向かうからだ。

物流の不安定化は村落において物資の不足を生じさせる。

もとより商家は小さな村々を相手に商売をしないが、町に流通する物品が目減りしたならば行商人が運ぶ品もまた減少するのだ。ラウリにとっては身につまされる話だ。

「馬賊の奴ばらを討つには、まず、騎兵じゃろな。だから磨いとるわい！」

ヤルッコが急に大きな声を出した。

驚き見れば、怒っているというよりは照れの赤みでもってヤルッコが続けた。

「馬ってもんは、こう、高ぁくて苦手じゃったけども……練習しとるし。儂」

どうやら幾多の戦場を越えてきた老戦士にも不得手があったらしい。

ラウリは微笑むことで感謝を表した。自分はどうやら励まされたらしい……そう思ったからだ。

「馬かぁ……私は馬商人ではないですから、矮馬《わいば》ばかり詳しくて他はまるで駄目ですね。馬車は好きですけど、それも荷が軽ければケチってしまって、どこへ行くにも歩いてばかりです」

「なんじゃ、徒歩で来とったのか。仕方ないのう。後ろに乗せてってやるわい。それくらいはできるしの」

「やあ、これは楽をしちゃうな」

馬術の心得もないラウリだから、鞍《くら》に乗ることは中々に楽しみだった。

だから、背後から届いたアクセリの声にもさして頓着しなかった。

「急がなくていいぞ！　模擬戦の開始は遅れても構わんから急ぐなよ！　ラウリ、健闘を祈る！」

とりあえず会釈をしてみた。

遠目にもアクセリは楽しげに笑っているように見えていた。

◆◆◆

徒歩とは素晴らしいとラウリは思う。

なぜならば、転げたところで高が知れているからだ。

「……受け身をな、今度教えるからの」

「……徐々に速度を落とせばいいと思います。素人考えですけど」

身体の痛みに気まずさを塗して、ラウリは領都の街路をヤルッコと並び歩いた。

練兵場に広かった秋空もここではただただ高い。

都を囲う外壁は高く重厚で、閉じ込められるようにして街並みは密集している。

ヘルレヴィ伯爵領とは前線を支える兵站拠点としてだけでなく、前線を抜かれた際には防衛拠点として機能することをも求められるからだ。

特に近頃は物々しい雰囲気がある。

領兵の出入りが頻繁なこともその要因だが、そればかりではない。もう一つの剣呑があって人々の日常を脅かしている。

非合法集団による武力抗争だ。

どんなにか領法がそれを禁じ取り締まろうとも、社会には必ず裏面というものがあって、影なるそこにおいては徒党を組んだ者たちが犯罪を日常としている。

本来、彼らは凶器を手に取り殺し合うことが常態というわけではない。

縄張りを持つことで複数の集団が併存し、彼らなりの暗い秩序を共有していたはずだ。

商家のそれに比べれば物騒かもしれないが、やはり誰もが人の子、妥協点を見出し合っていて当然なのだ。社会とはそういったものが堆積して慣習となり、機能するところがある。

しかし、暗がりの静かな水面へ大きな波紋を起こした一組織があった。

緑色の頭巾をした剣士が率いる名もなき不法組織である。

裏路地の住人たちからは『斬り捨て』、『流血』、『一夜殺し』など聞くも殺伐とした名で呼ばれていて、その由来は抗争相手を呼び名のままに壊滅させるからだとか。

その組織は今や恐怖の的だ。

従来の秩序を覆し急成長したが、まるで満足という言葉を知らない。

ヘルレヴィ領各地で無法の闘争が行われているが、中でも最大の戦場となっているのがこの領都だ。人も物も金も何もかもが最も集まるここにおいて、領内の闇の覇権が決しようとしている。

そして、ラウリはその組織の長を知る。面識もある。

緑巾のベルトラン。

元エベリア人傭兵というその男は、オイヴァの古馴染であるどころか護衛団団長ダニエル・ハッキネン男爵の知人であり、何よりもマルコを主と仰ぐマルコの従属者であるからだ。

「彼らには諜報を担ってもらいます。団にとって得難い力となるでしょう」

そう言って笑った八歳児を、ラウリはもはや八歳児の一般と照らし合わせることもしない。九歳となった今も同様だ。

何歳になろうともマルコはマルコでしかない。

人の形をした竜だ。

不思議なことをば世に顕現《けんげん》させる存在だ。

きっとラウリには計り知れない意図があるに違いない。マルコにしか見ることの叶わない視界でもって多くを慮《おもんぱか》り、計画して、諸事を推し進めているのだ。

「痛む……かの？」

「え？　いえいえ、崖から落ちた時に比べれば、これくらい」

「が、崖から落ちたことがあるのか。見かけによらんの」

「崖に落ちてそうな見かけっていうのも、ちょっとわかりませんけど……小さい頃に足を滑らせまして。空を飛べたらどんなにかよかったろうと思ったものです」

そんなことを話しながら到着した三階建ての建物こそ、ハッキネン護衛団の本部である。

元は農具を主に取り扱う商家が長く入っていたものだが、開拓の停滞、冷害による農地放棄と商難が立て続いたために領都から撤退してしまった。団にとってはお誂《あつら》え向きの物件であった。

だから外見は商家のそれに似る。

しかし扉を開けたならば、そこには剣を帯びた歩哨《ほしょう》が何人も立っているのだ。

「男爵はいらっしゃるね？　うん、ありがとう」

職務熱心な男たちに挨拶をして、ラウリは二階へと上がった。団長室へと向かう。同じ階にはラウリの仕事場であるところの事務処理室もあるのだから勝手知ったる身だ。

「ヤルッコ軍曹も来たのか。何かあったのだろうか」

大きな机に幾枚もの巻物を広げたままで、その眉目秀麗な青年はラウリらを迎えたものである。

ハッキネン護衛団団長にして男爵位を持つ王国貴族、ダニエル・ハッキネンだ。

「そっちの用件が済んでからでいい。邪魔なら外で待つぞ」

「え、大丈夫なんですか？　模擬戦の時間が……」

「待たせとけばいいんじゃい。アクセリも言うとったろに」

「……聞こえてたんですか。なのに、馬、あんなに速く駆けさせたんですか」

「そ、それとこれとは話が別じゃい！　速くてカッコよかったじゃろが！」

「カッコよかった……つまりは確信犯というわけで……」

ラウリはこのドワーフ然とした暴走騎手に対して多くの言葉を放つことを欲したが、しかし笑い声が聞こえてきてその機会を逸した。

ダニエルが笑っている。堪え切れないといった風で、どこか不器用な笑い方だった。

「私への用事ならば先に聞こう。護衛団にはヤルッコ軍曹に隠し立てするようなことなど何一つとして存在しないが、聞かせたところで退屈させることはこの通り山積しているからな」

笑いを口に含ませたままで、ダニエルは傍《かたわ》らの巻物棚を示した。

まさに言葉のままだ。棚に入りきらない巻物が床に積まれている。全て封は解いてあるようだが、内容を処理して保管してあるということでもないらしい。

ラウリとしては苦笑いを浮かべるよりない。己の机周りも似たような惨状だからだ。

ハッキネン護衛団の発展は事務仕事の増加と正比例の関係にあり、各事柄間の兼ね合いを考慮するならば手間暇は二乗三乗の計算でもって担当者を圧倒するのだ。

信用できる事務担当員を増員しなければならない。

ラウリとダニエルの間で何度となく同意に至るも、中々に叶わない重要案件である。

「ふん、なら言うがの」

咳払いなどして、ヤルッコは言う。

「模擬戦に参加したらどうじゃ、ダニエル。陣頭に立つのも団長の仕事じゃぞ」

上司かつ貴族、更には爵位持ちであろうとも、この古兵の物言いにはまるで遠慮というものがない。ムスッとして黙り込むか無礼に話すか、どちらか二択なのだ。

それでいて不思議と角が立たない。その自然体には妙な温かさがある。

きっと言動に誠実さがあるからだろうとラウリは思う。先の馬については別件だが。

「そうか……そうだな。尤もだと思う」

ダニエルが彷徨《さまよ》わせた視線を追ったならば巻物籠に辿り着いた。そこにはくたびれた巻物が幾本も刺さっていて、破けを別な羊皮紙で補修した跡も見受けられる。

ラウリはそれらが何かを知っていた。軍学の諸巻である。

ハッキネン家といえば勇者落命の戦場における献身的な戦い振りで広く王国民に愛されているが、ダニエルがそれを誇らしげにするところをラウリは終ぞ見たことがない。

言葉にされなくとも察するところがあった。

ダニエルはハッキネンの家名を利用しこそすれまるで愛していない。むしろ嫌っている。

軍学の巻物を幾本も所有し、それをボロボロになるまで読み込み学んできた姿勢には、何かしら負の情念とでも言うべきものがあるのではなかろうか。

ラウリ自身がそうであった。

彼はもともと南方の大店に勤めていた男だ。丁稚奉公《でっちぼうこう》からの叩き上げである。

しかしさる貴族との間に結ばれた不正取引に納得ができず、店の方針に散々反抗した末、全てを捨てて店を飛び出した。そうせずとも追い出されていただろう。

真面目さを嘲笑《ちょうしょう》し、養分とするような世界に生きたくなかった。

憤懣《ふんまん》を抱えた。意地になった。執念を燃やした。

そして、貧しくとも真っ直ぐに生きる民に味方したいと思うに至ったのだ。

北方辺境を行商人として回っていたのは、敵対した商家の影響圏から逃れるためでもあったが、何よりも逞《たくま》しい村々の暮らしに惹かれたことが大きい。

そんな生き方をしていて、ラウリはマルコに出会ったのだ。

幸運なるかな。もはや出会う以前を遠い昔のようにして、胸躍る今を生きている。

「先に練兵場へ戻っていてほしい。甲冑の用意もある。そう待たせずに行く」

ダニエルの言葉には澄んだ響きがあった。表情にも涼やかな気配がある。

ああ、やっぱり貴方もですか……ラウリは嬉しさに頬《ほお》を緩めた。

狭く息苦しいばかりと思っていた世界が広く高く大きく開く体感がある。

マルコを知るとはそういうことだ。身を縛る鎖が解ける。

暗く澱んでいた空気が清涼な風に吹かれて一新する体感がある。

マルコと生きるとはそういうことだ。身に宿る力を発揮できる。

己の本分を己の考える以上に真っ直ぐと進んでいける。

そう感じながら日々に精励《せいれい》することは、きっとこの上ない幸福なのだ。

「わかった。用意しとくわい」

不満顔の割には声を弾ませて、ヤルッコは扉に手をかけた。そのまま出ていくかと思いきや、言い忘れとったと前置きしてもう一つ付け加えていく。

「アクセリの騎兵隊を相手にして、歩兵隊の指揮じゃからな。手伝うけども、儂」

今度こそ去っていく足音を聞きながら、ラウリはダニエルの深呼吸を見守るのだった。

「部隊を指揮……しかもアーネル中尉を相手にしてか。厳しい訓練になりそうだ」

「男爵は部隊指揮の経験がおありなのですか？」

「ない。理論を知るのみだ。団長としては情けない限りだな。軍曹も見かねたのかもしれない」

「いやあ、あの喜びようからすると、単に男爵と訓練がしたかっただけかもしれませんよ？　軍曹は調練が大好きだそうですから」

それも大変な話だ、と二人で一頻り笑うのだった。

それはラウリにとっては和やかな笑いでも、ダニエルにとっては苦笑いや引き攣《つ》り笑いであったのかもしれない。

ヤルッコは三日三晩不休の調練を計画実行し、自らが真っ先に倒れたことがある。

思えばそれも模擬戦だった。今回のそれが誰の企画であるかをラウリは聞いていないが。

「さて、そうなると私は長居できませんね。受け取るべきものを受け取ってしまいましょう」

「そうだな。時間の希少さに驚かない日の一日とてない毎日だ」

机上の巻物は脇へ押しやられて、結い紐と封も新たな五巻の巻物が取り出された。

「この三巻は複数の書簡をまとめたものだ。順に前線砦、サルマント伯爵領、ペテリウス伯爵領の各関係者からの情報提供となっている。これはヘルレヴィ領軍の動きについてアーネル中尉が調査した一巻《ひとまき》だ。最後のこれには私が社交の中で聞き知ったことを列挙してある」

どれもこれもが重要な巻物だ。しかもそれで全てではない。ラウリ自身が作成し所持している四巻と合わせて全巻となる。

四巻の方は、商家からの情報、村民や町民からの情報、護衛団団員からの情報、そしてラウリ自身が独自調査した結果という内容になっている。

九巻にもなるそれらの巻物に記された情報は実に雑多だ。

収集の段階である程度の方向性は示されているものの、その後に一切の分析や整頓がされていないからだ。商家の市場調査などと比べれば使い道も定かでない、玉石混合の情報だろう。

しかし、まさにこれらこそが必要なのだ。

「わかりました。間違いなくマルコに届けますよ」

「よろしく頼む」

ラウリは巻物を鞄にしまい込んだ。絶対に失うわけにはいかない。

定期的に作成されるこれらでもって、マルコは多くを推理する。広くを見通す。決定を下す。

未だ十代にもならない彼のために目となり耳となること……それがハッキネン護衛団の重要な役

割の内の一つだ。そうと知る者は幹部のみである。

「メコン麦の収穫も近い。キコ村には豊かな風景が広がっているのだろうな」

「そうですね。土壌改良も根張り促進法も益々効果を上げてます。冷害だって避けて通ろうってものですよ」

「何よりのことだ。マルコも喜んで……」

その言葉尻は吐息に変じた。椅子の背もたれが軋む音を立てた。

「……喜んで、元気になっていればいいが。そこのところも見てきてほしい」

「ええ、勿論です」

どちらともなく窓を見ていた。

街並みに区切られ限られていても、初秋の透明な青色は美しくある。空は人の営みの些細を越えて広がっている。やりきれなさの向こう側で超然としている。

この半年間というもの、マルコはキコ村から出ていない。

一般の村人からすれば当前のそれが、尋常の外にいるマルコにとっては異常である。

「母と死に別れる……誰であれ悲しくて当たり前だというのに」

呟きが聞こえて、ラウリは軽く瞼《まぶた》を閉じた。下唇を噛む。

「我々は間違っている。そうと知りつつもマルコをそっとしておかないのだから」

「男爵、それは……」

「真実だ。しかし日は未だ天の高みへは達していない……昇り続けているだろう？」

ダニエルの声には切なさが隠しようもなく滲んでいた。

ラウリは何も言わなかった。もう一度空を見る。

たとえ視認できずとも逐一を把握できなくとも、なるほど、日は今も昇り続けている。人が目を閉じようとも、雲が輝きを隠そうとも、天に力強く在ることをやめようはずもない。

竜もまた同じだ。

そうと信じたならば、どうして今更に疑おう。

未だ地に伏せていることを理由にして、どうしてその大翼の可能性を疑えるだろう。

「大丈夫ですよ。むしろもっと巻物を増やすべしってせっつかれるかもです」

どちらともなく笑った。

それはどちらにとっても苦笑いであり、引き攣り笑いでもあったのかもしれない。

「……信用できる事務員が必要ではないだろうか。ラウリ」

「ええ、まったくもってその通りです。男爵」

何度目とも知れない同意がそこに生まれた。

ラウリの冗談は、まるで冗談になっていなかったからである。

◆◆◆

「おい、ラウリさん。この小刀はえらくヘンテコな形をしとるが、何かね？」

「それはですね、こう、鋸《のこぎり》みたくして食べ物を切るんですよ。果物でも、ほらこの通り」

「あらまあ、ラウリさん。これは何かしら？　蹄鉄《ていてつ》みたいだけど木よね？　櫛《くし》みたいだし」

「ああ、それ、髪上げ櫛っていう新商品です。こうやって髪を掻き上げてですねぇ」

井戸脇の草の上に商品を広げると、ラウリはたちまちの内に村人らに囲まれたものである。やいのやいのと好奇心が楽しげな音を立てている。

初めてキコ村を訪れてから今年で四年目だ。

誰も彼もが顔見知りともなれば警戒されることなどまるでなく、行商をした後に村長宅へ泊まることを訝しがられることもない。

ラウリという行商人はキコ村に出入りして当然なのだ。

それと意図していたわけでもなしに、ラウリはごく自然な形でマルコと会える立場になっていたのである。

これは他の誰にも真似ができない。そして必要なことである。

キコ村に世間の注目を集めてはいけないからだ。

ここが白透練《はくとうねり》の主要生産現場であることを知られるわけにはいかないし、豊かさを喧伝《けんでん》するようなこともあってはならない。護衛団との関与など以ての外だ。

富の独占のためでも村の防衛のためでもなく……マルコのためである。

彼がどんなにか尋常でなくとも、やはり年齢ゆえの制約というものがあり、往々にしてそれは身の危険を伴《ともな》う。幼きに害なす陥穽《かんせい》はそこかしこに口を開けている。

「僕はまだ隠れて生きる必要があります」

以前、マルコは護衛団の幹部らに対して悔しそうに話していた。

「遠からず時は来るでしょう。しかし今ではありません。僕は弱い。弱過ぎて歯噛みするほどですが……時を早める魔法でもない限り、こればかりは本当にどうしようもないのです」

ラウリは彼の手を見ながらそれを聞いたものだ。

およそ精神的な幼さとは無縁のマルコであるが、その体格は童の小躯《しょうく》でしかない。容貌《ようぼう》のせいもあるが、同年代と比べても弱々しい印象があるくらいだ。

実際、丈夫な体質ということもない。

マルコは不意に発熱し、二、三日を苦しげに過ごすことがしばしばあった。

以前ラウリは彼の厚着を両親の過保護と見なしたが、それは理由あってのことだったのだ。詳しく聞き出すこともできないが、以前はもっと病弱であったようだ。

精神と肉体の不均衡とでも言うべきそれは、吉となるものか。

それともやはり……大きな凶となるものなのか。

ラウリにはまるで判断がつかない。ただ一抹の不安を抱き、危うく思うばかりだ。

「……まぁ、時が解決することだけどね。本当にそれしかないんだけど」

その呟きは誰に聞かれることもない。

買われるものは買われ、残るものは残り、ラウリはもう店仕舞いしている。土産話の求めにも応じ終えていて、今はメコン麦の穂が風に黄金色を波立たせている様を眺めていた。

豊かな景色であることは間違いない。

見渡す限りの全てが村の成果だ。歓喜を招くものだ。安堵をもたらすものだ。

しかし何かが残酷に思えて、ラウリは溜息を風に乗せずにはいられない。

世界は悲喜交々《ひきこもごも》にして、事象の大小長短を一切斟酌《しんしゃく》しない。全てを時の大船に乗せてしまって、とどまるところを知らず未来へと流れゆく。

それを悪平等と感じることは人の傲岸不遜《ごうがんふそん》だろうか。

益体のない感傷と自覚しつつも、ラウリは常の彼らしからぬ物思いに囚われていた。

「あ！　いた！」

「うわぁっ!?」

突然の元気な声に打たれ、ラウリは悲鳴と共に小さく跳び上がった。

早鐘を打つように鼓動する胸を両手で押さえつつ振り返ったならば、そこには村の子が息を切らせて立っていた。ラウリの反応を見てか、その目は真ん丸だ。

とても綺麗な少女である。

上下する肩に合わせて、頭の両脇では二房の髪が行ったり来たりと揺れている。結い方は相変わらず上手くない。それは櫛が悪いのかもしれないとも思う。

「や、やあ、エルヴィ。今日も元気そうで何よりだね」

「こんにちは、ラウリさん。驚かせちゃったみたいで、その、ごめんなさい」

何とかして息を整えようとしているその少女のことを、ラウリはよく知っている。

キコ村の少女エルヴィ。歳は今年で十一歳。

彼女は以前から何かにつけて目を引く子だった。

青空教室においては筆頭格の成績優秀者で、石投げ訓練においては短距離投擲《とうてき》で痛そうな命中音を連続させる。キコ村特有の集団遊びにおいても賑やかさの中心にいる。

そして、マルコに対して最も積極的な子かもしれない。

別段マルコは村の子らに恐れられているわけではないし、むしろ尊敬されている様子である。

しかし年相応という言葉にまるで当てはまらない子だから、どうしたって軽い扱いは受けない。

いつの間にやら世話焼きのハンナからも丁重な態度をとられるようになっていた。

ラウリの見たところ、特に年若い女の子を緊張させるようだ。

男の子ならばまだ童特有の気軽さが見られるが、女の子はマルコを前にすると平静さを失ってしまう。その対策なのだろうか、複数人でなければマルコに話しかけもしないほどだ。

そんな中にあって、ただ一人、エルヴィだけが単独でも声をかけてくる。

ラウリとマルコが話し込んでいるところへ別な用件を伝えに来るのは決まって彼女だ。

邪魔が目的というわけではない。むしろ逆だ。

彼女はマルコへの用件を選抜し、急を要するもののみを伝達する。

それに気づいた時には何とも気の利く子だと感心したラウリだが、すぐにそれが必要な作業なのだと思い至った。

キコ村においてマルコは多忙なのだ。

白透練の生産にまつわる諸々は彼が監督するところのものであり、畑作における冷害対策についても彼が研究を指導している。村の子らへの青空教室や各種訓練もある。

そこへきて、先の冬以降はハッキネン護衛団関係の諸々をラウリが持ち込むのだ。

優先順位をつけなければならない。彼は一人きりしかいないのだから。

「それで？　随分と走ってきたみたいだけど、どうしたんだい？　何かあったのかい？」

エルヴィに限って意味もなく慌てることなどあるまいと思われた。

「何かというか……これから村長の家へ戻りますよね？」

「いや、まだ牧場を見てないんだ」

「あ、それなら一緒に行きます。作業場の確認、手伝います」

そう言ってエルヴィはラウリの先を歩き始めた。その早足も、慌てていた理由を言わないことも、どちらもが彼女らしくない。

ラウリは首を傾げながらも後を追った。小走りになった。

全力疾走の名残かエルヴィの歩調は実に速い。いよいよ様子がおかしい。

牧場に矮馬の飼育状況を見届けても、作業場に大釜や熟成樽を確認しても、それでもなおエルヴィから仕事以外の言葉は聞こえてこなかったのである。

「そろそろ村長のお宅へ戻るけど……何か話したいことがあるんじゃないかい？」

作業場を厳重に施錠した直後、ラウリは問うた。

エルヴィが何かを思い悩んでいることは確実に思われた。そしてその内容についてもラウリはある程度の予想がついていた。

マルコのことだ。

この利発できびきびとした少女が、それ以外を理由として心を乱すとは思えなかった。

ラウリは思う。エルヴィはマルコに対して誰よりも真剣であると。

その態度は親の愛情とも、ハンナの丁重とも違う。

村の大人の敬いとも、村の子らの憧れとも違う。

あるいはそれら全部なのかもしれないし、全く別種の心情なのかもしれない。わからない。少女の心の内を詳らかに理解できるわけもない。

しかしラウリには感じられるのだ。

眼差しの鋭さが違うと。

緊張の種類が違うと。

努力を支払う覚悟があるのだと。

積極的である理由とはそれだ。彼女は何かしらを決心しているに違いない。

「その……マルコくんのことなんですけど……」

果たして、エルヴィは彼女らしくない歯切れの悪さで話し出したものである。

「もう会いました？」

「うん、村に来たらまずは村長のところへ挨拶に伺うもの。一応、行商人だからね」

「そう……そうですよね」

幼さの残る声が足元へと落ちるのを聞く。純真さが憂いに陰るのを見る。

ラウリは努めて陽気な声を出した。

「マルコはいつだってマルコだね。涼しげな顔をして誰よりも仕事熱心だ。私の持参したお土産を大層喜んでくれてたから、今はまだ机に向かっているんじゃないかな？」

嘘ではなかった。実際、マルコは九巻からなる報告書を心待ちにしていたようだ。

もうすぐなのかもしれないと思う。彼にしか推し量れず、彼にしか導き出せない何某《なにがし》かの解答が得られようとしているのではないか。

顔を上げた少女に、もう一言を付け加えた。

「忙しさはいいものさ。頭が忙しくなると無心になれるからね」

綺麗な少女がハッとする様に、ラウリは大人の苦さを味わった。頬に力を入れて笑む。

母を失い、マルコは苦しんでいる。

しかしその苦しみ方すらも彼は尋常とは異なっているのだ。世間一般の九歳児が親と死別する姿ではないのだ。

しめやかな哀切など見られない。激しい後悔ばかりが見えてくる。

マルコは自らに多くの苦行を科している。

食事は深夜の暗闇に独り最低限を啄《ついば》むのみとし、睡眠は横にならず床に座して短時間を眠るのみとしているそうだ。ハンナから聞いた話の内の一部である。

まるで罪人だ。

彼は己に罰を与えることで、得体の知れない大きな苦しみに耐えようとしている。

「無心になれたら……そうしたら、マルコくんは心から笑えるんでしょうか？」

「きっとね。でもまだ時間はかかるだろうから、私はどんどん仕事を持ってくるんだ……なんて、言い訳がましいかな？　そうしないとどうしようもないっていうのが本当のところなんだ。とにかくもう、忙しくて忙しくて……」

捲くし立てながらも、ラウリの脳裏に思い出されたのはマルコの姿だ。

巻物を受け取ったマルコは嬉しそうに礼を言ってきたが、その碧眼《へきがん》はチラリとラウリの鞄を見たのである。九巻分の重さも手で確認した。そういう動きをした。

あの冗談が本当になるのかもしれない。

ダニエルと二人して書類の海に溺れることになるのかもしれない。

「いやぁ……充実してるなぁ……ははは」

ラウリはかすれ声で笑うのだった。

どんなにか夢や希望に燃えていたとしても、人間は人間であり、疲労は疲労である。

「ラウリさん！　お願いがあります！」

「うわっ！　は、はいはい、何でしょう？」

再び驚かされて、ラウリは目を瞬《しばたた》かせた。放心していたようだ。

眉も眦《まなじり》もキリリとさせて、エルヴィが至近からラウリを見上げていた。凛としていて彼女らしい表情だ。瞳には強い輝きが宿っている。

逡巡《しゅんじゅん》を嚥下《えんげ》したものか、聞こえるほどに喉を鳴らしてから、決然として言う。

「私を手伝いに雇ってください！　白透練の方でも、ハッキネン護衛団の方でも、どちらでもいいし、どちらともでも頑張ります！　お願いします！」

勢いよくお辞儀がされて、獰猛なほどに髪の二房が振り回された。

いや、本当に獰猛だった。

ラウリは返事ができなかった。それどころではなかった。

「あ、わ、ごめんなさい！　ごめんなさい！」

見事な頭突きだった。

腹を押さえて膝から崩れ、込み上げる吐き気に涙目となりつつも、ラウリは返事をしたいと思っていた。しかし口を開くと何かが漏れ出てしまうかもしれない。

実にいいところへ、その一撃は命中していたのである。

◆◆◆

「……ということがあってね、いやはや、参ったよ」

ラウリが言うと、マルコの楽しげな笑い声が部屋の中に生じた。

主のそれに呼応したものか、あちらこちらの影も揺れ動いたようだ。控えめに灯る火は暗がりをより暗くしている。夜気を潜ませてそれらはしっとりと物静かだ。

「いつも思うけど、キコ村にはたくさんの可能性が満ちているね。皆元気で、皆活き活きとしてる。何かとても素敵なことが生まれてきそうな……そんな雰囲気があるんだ。全ての村がこうだったら、村巡りの行商人は刺激的で冒険的な職業になるよ」

そんな世界を想像して、ラウリは思わず筆記する手を止めた。

一つの理想が見えた気がしたのだ。

生きることに汲々とするのではなく、能動的に毎日を一新していって、今日の一日がよりよい明日へつながっていくのだと信じて生きていけたなら……それは輝かしい日々ではないだろうか。

親は子の幸せを期待しながら暮らせるだろう。

子は親の働きを敬慕しながら成長するだろう。

そして力強い世界が生まれるのだ。逞《たくま》しく、誇らしく、希望に満ちた世界が。

そんな世界を旅する商人は素敵だ。きっと素晴らしい日々を生きることになる。

「人間の本来の力ですよ」

見れば、マルコもまた筆を休めていたようだ。

墨よりも黒い髪が流れて、灯りを受けた碧眼が奥深い光を揺らめかせている。

「逃げずいじけず自信を持ったなら、誰であれ、己の可能性をもって世界に挑戦していくことができます。それを楽な生き方とは言いませんが、傍目に見て興味深いことは確かですね。そこには一つの勇気がありますから」

マルコは莞爾《かんじ》として微笑んでいる。本当に嬉しそうだ。

しかしその頬はこけ、髪は肩を越えて長く垂れ下がり、顔色は火に照らされていてもなお赤みに欠けている。胸を締め付けられるような儚さが厳然としてそこにあるのだ。

「勇気かぁ……そうだね。この村の人々は勇敢だものね」

ラウリは笑顔で言った。そうする以外の方法などなかった。

信じているからだ。

ラウリはマルコを信じている。

その翼で天駆ける未来を信じている。

ならばどうして彼が耐え忍ぶ今を嘆こうか。己の弱さで彼の強さを測ろうか。

「ええ。人の営みの北限近くに生きるとは、そもそも勇気がいることです」

「天境山脈かぁ……キコ村の場合、死灰砂漠にも近いしね」

「はい。いい村でしょう？」

「うん、いい村だねぇ」

笑い合って、互いに手元の作業へと戻った。

やるべきことは多い。これまでも増えてきたし、これからも増えていくだろう。白透練の売れ行きは伸びるばかりだし、護衛団への依頼件数も増加するばかりだ。

そしてそれは望ましいことなのだ。仕事をする身の充実という意味ではない。

マルコの力が増大するからだ。

世界に関わる規模が拡大すればするほどに、より広くを知覚し、より多くに影響できる。より強く世界へ意思を反映することができる。マルコはその力を使いこなすことができる。
だから、時は過ぎ去るのではない。いよいよをもって満ちていくのだ。
ラウリはそう思い至ったから、後はもう筆を走らせるのみだ。
事務員は絶対に増やそう……その決意も新たにして。

◆第十三話　剣を避けても手と手と水

「お前さんも大概、器用なやつだよなぁ」

オイヴァは汗ばむ手で顎を摩《さす》りつつ、目の前の十歳児に声をかけた。

「竹束剣だからですよ。本物の剣ならああも振れません」

他の男たちに交じり井戸の脇で手拭を使っているが、周りが打ち身を冷やしているのに対して、この黒髪の少年は汗を拭うきりである。

半裸になったその身体をしげしげと観察してみるに、なるほど未だ童の肉付きだ。鉄の武具を振るうには足りない。

とはいえ、オイヴァとしては出会った頃の小ささを思うと何かしら感慨深いものがあった。

あの薄ら寒い夜の道場でも竹束剣について話していた。一見して帰り道を危惧《きぐ》するような幼さだった者が、四年も経つと、それなりに一丁前な見た目になってくるのだから面白い。

ましてや、現在はハッキネン護衛団第四部隊隊長という肩書きを持つオイヴァにとって、この少年は団長以上の上司とも言えるのだ。それは組織図に名前はなくとも幹部の皆が知るところである。

キコ村のマルコ。彼はアスリア王国に知らぬ者とていない名薬の製造責任者である。

白透練《はくとうねり》。

最近のものは効果によって等級があって、高価で上等なものは貴族の御用達であり、安価で下等なものは中小の村々にまで普及している。常備薬として認識されつつあるのだ。ヘルレヴィ伯爵も日夜頭に塗りつけていると噂される。

そしてマルコは、今や登録傭兵数が千人に迫る勢いの戦闘集団を陰から指揮する者である。

ハッキネン護衛団。

領主が認め、あのハッキネン家が旗頭《はたがしら》となり、多数の商家が協賛している。堅実な仕事ぶりもあって信頼度は絶大だ。ヘルレヴィ領内の物流に関して団が関わらないことはなく、半ば公の戦力として機能している。

また、マルコはベルトランを頭とする不法組織を眼差し一つで使役する立場にもある。

一時期はすっかり鳴りを潜めていたベルトランだが、突如として武力抗争を開始、この二年ほどで裏社会に一大勢力を築き上げるに至った。その影響力は領内のみならず他領へも及ぶ。組織員には腕利きも多いという。

それらを総合すると、ヘルレヴィ伯爵領におけるマルコの存在の大きさが見えてくる。

巨人だ。

しかしそれは見えない巨人なのだ。どれにおいてもマルコの名は公にされていない。

不法組織については無論のこと、ハッキネン護衛団についても看板通りにダニエル・ハッキネン男爵が組織の長としているきりだ。

白透練について調べたとしても、聞こえてくる名前はラウリが精々で、その先の秘密に至ったとしてもキコ村の村長ヘルマンの名が上がって終わりだろう。

マルコは未だもって村長の息子でしかないのだ。

それを擬態と言ってしまっては誤りであろうが、オイヴァにしてみれば違和感しかない肩書きだ。

実際、マルコはキコ村の村長職を継がないと明言している。

アスリア王国の法において村長職の世襲は推奨されているに過ぎず、村民の同意があれば誰であれ村長職に就くことができる。その方法を取ることは以前から父子の間で了解されていたのだろう。母親の方は最後まで知らなかったようだが。

昨年の春、マルコの母は亡くなった。

直接の原因は肺病で、十年来の病臥《びょうが》の終わりとしては安らかなものであったそうだ。

葬儀に参列したラウリからの話によれば、どうもその長患いの原因はマルコの出産にあったらしい。相当な無理をしたようだ。

言われて気づく奇妙がある。多産多死が農村の現実であろうに、マルコは一人っ子で、父親ほどではないにしろ母親も歳がいっていた。

親になる心境というものを、オイヴァはふと夢想してみた。

子を望み、なかなか得られず、遅くにようやく念願の息子を授かったとしたなら……己の職や立場を譲りたいのではないか。

しかし、その息子がマルコであれば話も違うのだろうと思うオイヴァである。

そろそろ痛みの引いてきた顎から手をのけた。一対一で対決した時に打たれたのだ。十歳でこんなことをやってのける息子など、どう足掻いても己の手の中に留めておけるはずがない。

「……まぁ、それにしたって大したもんだぜ。五人掛かりの囲みを無傷で抜け出すなんざ、俺でも簡単にゃできねえ。槍がありゃあ話は別だがな」

「さすがですね。オイヴァさんも加わっていたなら、やられていたでしょう」

「はっは、そりゃわかんねえぞ？　股をくぐられちゃ敵わん」

先ほどまでの試合を思い出して、オイヴァは笑い声を上げた。

五人の男がそれぞれに竹束剣を構えるのに対して、マルコは両手に一本ずつと腰の左右に一本ずつ、計四本の竹束剣を身に帯びて対峙した。

その異様を警戒した五人はマルコを包囲したが、一斉に掛かろうとしたその矢先、マルコは手に持った竹束剣をそれぞれ斜め前へと投げつけた。

投げつけられた二人が慌てて叩き落とす間に、マルコは転がるようにして正面の一人の足元へと走った。振り下ろされる一撃を左手に抜いた竹束剣で防ぐと同時に、右手の抜き打ちで足を薙ぐ。

そしてその低い体勢のままにスルスルと人の足元を巡っていって、結局、全員の足や手に一撃を当てたのだ。

男たちの敗因は幾つもある。

最初に竹束剣を投げつけられたために次の投擲《とうてき》を警戒してしまったこと。

足元に低く入られたために剣筋が単調にならざるを得なかったこと。

足元に入られた者が覆いかぶさるように戦おうとするので他が剣を振るいにくかったこと。

そして何より、マルコが己にとっての勝因を理解していたことだ。男たちの実力を発揮させないように動いていた。

だからといって、マルコが正面戦法で弱いというわけでもない。

オイヴァはそれを顎で体感した。

一対五の後に一対一で対決したのだが、疲れているだろうと軽く手を狙い打ったところを最小限の動きですり上げられたばかりか、その勢いのままに顎を打たれた。痛かった。

「逃げ回るだけなら今でも何とか……いえ、甘えたことを言っていますね」

「まあ、体力があるならどうにかなるんじゃねえか？」

「それこそオイヴァさんの足元にも及びません」

「十歳だからな。でも馬には乗れるんだろ？　騎射はどうだ？」

「弓を選びます。射程も威力も知れていますが、すれ違い様ならば」

「なら、やれんこともないだろうよ。長柄を振り回すのは周りに任せりゃいいんだ」

オイヴァの言葉に周囲の男たちもウムウムと頷いている。

新兵は連れてきていない。誰もが戦場を知る男たちだ。ハッキネン護衛団第四部隊所属の隊員たちである。つまりはオイヴァの部下だ。

今日この時のキコ村には、第四部隊総勢二百二十八人の内の百人が駐屯している。

全員分の軍馬も村の牧場で管理されている。

集結についても四度に分けて偽装した。

その任務はたった一つ、馬賊の撃滅である。

どこからともなく現れてはヘルレヴィ伯爵領を荒らす軽騎兵の盗賊集団、それが馬賊である。ハッキネン護衛団の発足理由でもあり、この二年の間に何度となく小競り合いを重ねてきた宿敵だ。ただの賊とも思われない練度と作戦能力を有するも、長くその正体は謎に包まれていた。拠点の発見はおろか、領軍は有効な対策の一つも立てられていなかったが。

マルコという透明の巨人がそれを捉えた。

きっかけとなったのは塩の相場である。

王国における塩の売買は国が全てを管轄しており、その相場は国の事情によって恣意的《しいてき》に上下するものと認知されている。塩の値段で国庫の様子が透けて見えるのだ。

国土回復後の復興事業が盛んな頃は、国も民も共に疲弊していたのだから、塩相場はまず常識的な価格で推移していた。

そして力の入れどころが国軍再編に傾いた辺りからは高値となる……誰しもがそう予想したし、実際に一時的にはそうなったものだが、ある時期からその高価格が緩和され始めたのである。

マルコの違和感の発端だ。

領都に赴いて相場を調べたマルコは……その折に護衛団の設立が企画されたのだが……その時点で闇塩の存在を確信していたという。

国の管轄品とは異なる塩が大量に定期的に出回っているに違いないと。

そしてその出所には莫大な資金が流れ込んでいるだろうと。

領内の物流を把握し、馬賊の襲撃範囲と部隊規模を把握し、裏社会における諸情報を把握したマルコが下した結論は衝撃的なものだった。

天境山脈のいずこかに馬賊の隠れ里があり、牧場と岩塩鉱山とを保有している。

闇塩の卸し先は王国北西部の二領、即ち前線のサルマント伯爵領とペテリウス伯爵領である。

保有し維持している騎兵の総数は五百騎から千騎を少し超えた辺りで、一人の強力な指揮官の下に軍事組織として運営されている。

そして恐らくは……旧サロモン軍に関係がある。

最後の結論を口にした時のマルコの顔を、オイヴァは鮮明に思い出すことができる。

場所は領都の護衛団本部である。

団長と第一部隊隊長を兼任するダニエル、非戦闘部門の総責任者たるラウリ、第二部隊隊長のアクセリ、第三部隊隊長のヤルッコ、そして第四部隊隊長のオイヴァという幹部揃い踏みの中でのことだ。

形としては笑みに近かった。

目は細められ、口は上弦に弧を描き、やや伏し目がちではあったが肩は脱力もしていなければ力みもしていなかった。

声色も清澄な鈴の音のような響きを持っていた。

いつも通りの美しい少年がそこにいた。

しかし、そうであったにもかかわらず……誰もが息を呑んだのだ。

オイヴァの感覚でアレを表現するのなら、〝天魔刃〟だ。

教会の神話にも絵物語にも共通して登場する数少ないものの一つで、それを振るう者も振るわれる者も区別なく呪われ殺されるという恐ろしの一振りだ。悪魔王が持っていた大剣とも、悪魔王を討った者の槍とも言われる、刃の形をした破滅そのものである。

そんな物があるわけはない。

仮に神話の時代にあったとしても、そんな物は失われて今に残っているはずもない。

しかし、もしもそれがこの世界に実在したのだとしたら……こんな鬼気を発していたのではないか。オイヴァはそう感じたのだ。

一瞬のことではあった。

旧サロモン軍と関係があるとして特にコレといった秘策があるでなし、議題はすぐに馬賊討伐のための具体策の立案へと移っていった。

しかし脳裏に焼き付き、魂に一撃されたような衝撃が消えることはない。

その時の己の情動をいかなる言葉で表現すべきかもわからないまま、ただ凄まじい体験であったと、忘れ難い体験であったとだけ振り返るのだ。

そして、オイヴァは目の前を見る。少年の表情は陰っている。

怯懦《きょうだ》からの逡巡《しゅんじゅん》ではない。少年は己の肉体の貧弱なるを憂いているのだ。

団員たちとの手合わせで感じた多くが、彼にとっては不充分かつ不本意なものだったのだろう。どれほどを基準としているのかは知れないし、どの程度を自らに期待していたのかもわからないが、とにかくも不満なのだ。納得できないのだ。

しかし、気づいているだろうか。その両手両足にはこうしている間も常ならぬ力が漲《みなぎ》り、やるぞやるぞと戦意を露にしていることを。

「……では、本当にいいのですか？」

それはマルコにしては珍しい声色であったから、オイヴァは少しはにかんでしまった。恐縮と遠慮からこちらを窺《うかが》う色なのだ。

これだから堪らない。

あの日の護衛団本部で見せた鬼気と、今と、どちらのマルコをも知る身となっては放っておけない。何とでもしてやろうという力が湧いてくる。

「いいさ！　勿論、いいともさ！」

サラサラの柔らかい黒髪をワシャワシャと乱してやって、オイヴァは言い放った。

「一緒に馬賊をやっつけにいこうじゃねえか！　なあ、お前ら！」

男たちが喝采《かっさい》をもって答えた。次々に逞《たくま》しい手の平がマルコに迫るや、背や肩をバシバシと叩き、命を預け合うことになった喜びを音で表現していた。

彼らにとってはただの少年に過ぎなかったマルコは、竹束剣での試合とオイヴァとの問答でもって、一人の勇敢な戦士として迎えられたのである。

むさ苦しくも荒々しい風景だ。

茶番といえば茶番だろう。団の規律をもってすれば、大上段にマルコを同道させると命令してしまえば済む話なのだから。

しかしオイヴァはこれでいいと考える。こういう方が好きなのだ。

情の通わない関係など血の通わない生物と同じように不気味で不自然である。

戦とは敵の死を作るために味方の死をも勘定に入れなければならないが、だからこそ、常には人間らしい人間でありたいとオイヴァは思う。

「ありがとうございます。痛いです。よろしくお願いします。肩は凝っていません」

揉みくちゃにされながらも、マルコは笑っている。

揉みくちゃにしながら、周りも笑っている。

気づいているだろうか。

誰もが既にマルコを兵としてではなく将として捉えていることを。

戦士たちを惹きつけ、奮い立たせる魅力を持った一個の人間……それが将なのではないか。オイヴァはそう信じている。

自分にその才があるかどうかはわからないが、マルコには間違いなくそれがある。

しかも並大抵の将才ではあるまい。

あるいはもっと上の……オイヴァには判別もできない何かなのかもしれない。軍事にあっても巨人なのかもしれない。

わからないが、この上なく面白い。

オイヴァは再び顎を摩りつつ、何を悪乗りしたか間もなく水の掛け合いに発展しそうなむくつけき集団を眺めていた。

第十四話　戦い方に見覚えがあります

闇に伏せる。

暗く灰色にうねる空には月も星もない。

空気は温く気だるげで、いい加減に首筋を撫でるものだから汗を噴くばかりだ。

口木を噛ませた馬たち男たちの息もマフリマフリと湿っている。六百騎分の吐息だ。丘陵の窪地にでも溜まったなら湯の一掬いくらいにはなるかもしれない。

（嫌な夜だ……）

金環を首に巻いたその男は地に唾を吐いた。

男振りのいい顔立ちは不快げに顰《しか》められ、ぎらつく双眸《そうぼう》は丘の先を睨みつけて揺らがない。彼だけは口に木を食んでいないが、しかしへの字口に引き結んではいて、誰よりも剣呑な気配を放っている。

男の名はクスター。馬賊の頭である。

黒い外套《がいとう》で統一された集団の中で、彼のそれだけは裏地が燃えるような朱色だ。槍の穂の根元にも同色の飾りが結いつけられている。

意味するところは血か火か情熱か。そのいずれであれこの夜には相応しいだろう。彼らは今、襲撃を仕掛けようとしているのだから。

今夜、領軍の大規模な輸送部隊が夜陰に乗じて前線へと向かう。

ここ何日かの小規模輸送はその全てが陽動に過ぎない。明朝の中規模輸送も同様だ。

この夜闇を超えていく部隊こそが輸送の本命である。

それは偶然に得られた情報ではない。半年以上をかけて、そうせざるを得ないように仕向けていったのだ。

襲撃する輸送隊を選び、姿を目撃させる場所を決め、撤退方向を工夫し……うるさく絡みつき続けた成果としての今夜である。

領軍の輸送計画は合理的であろうとすればするほどに用意された選択肢へと収束していく。

そして収穫日が訪れたのだ。

(この丘の向こうを奴らは通る……隊が進発していることも確認済みだ。全てが上手くいっている。上手くいっているというのに……何だ、この胸騒ぎは)

クスターは頭を掻き毟《むし》るなり、グイと髪を引き抜いた。抜けた本数を数えて捨てる。

次いで外套を引き寄せて裏地を握り締めた。開いた直後の皺《しわ》に見入るが、バサリと捨て去って空を見上げた。分厚くも茫漠《ぼうばく》たる曇天が音もなく移ろうのみだ。

背嚢《はいのう》に吊るした占術板にまで手を伸ばしておいて、クスターはそれを手に取ることをやめた。幾つもの目が己を見ていることに気づいたからだ。

無造作に荷を戻すと、愛用の槍を手元で握り直した。

もはや撤退することなどできない。

ここな六百騎は馬賊の全員ではなく、他に二百騎余りが陽動として各地を駆けている。領軍の誘導に乗る形で動いてみせているのだ。つい二日前にもその別働隊は領軍と矛を交えたはずで、撤退後に三つに分かれて領軍の目を引き続けている。

もし今、本隊たる六百騎が破れるなり撤退するなりしてしまえば、別働隊は里への退路すら失うだろう。

クスターはここ最近の領軍を決して侮《あなど》っていない。

闇雲に追ってくるばかりでしかも諦めの早かった領軍は過去のものだ。

当たってみれば練度の高まりなど感じないのだが、居てほしくない場所に居るし、追われたくない方向へ追ってくるといったことが何度もあった。

それは編成と配置の妙であろうと予測している。

しかし、そうであればこそ策が通じるという面もあった。

相手の動きに理《ことわり》を認めたならば、理の向かう先を曲げてやればいいからだ。

そうやって誘導したのだし、そんな誘導を積み立ててきた末がこの丘というわけなのだが……クスターは何かが腑に落ちない。

まるで主客が転倒しているかのような不安に襲われているのだ。

罠に嵌《は》めたつもりでいるのは己ばかりで、実のところ罠に嵌められているのではあるまいか。

あの丘の向こうには大穴が開けられていて、己らはこぞってそこへと飛び込もうとしているのではあるまいか。

全てが思い描いた通りに進んでいるというのに、そんな不安ばかりが胸中に渦巻いていて治まらない。湿り気を帯びた夜気が奇妙に息苦しい。

（クソが……役にも立たないくせに、中途半端に……！）

クスターは内心で呪った。己の血をだ。

誰にも知られていない過去がある。クスターという男の血の歴史だ。

名字を捨てたところでその身に流れる血の来歴を偽ることはできない。どこにも逃れようがない。他ならぬ己の身体が証拠なのだから。

奇跡、という現象がある。

教会が奇跡調査官を走らせて希求するこの世の不思議だ。

何か特別な現象が起こり、もしもそれが奇跡として認定されたなら、それは教会の手厚い保護によって長く慈《いつく》しまれることとなる。

しかし教会は一方で魔人や魔女を駆逐することを使命としているから、事と次第によっては情け容赦ない断罪がなされることにもなる。教会独自の刑による死は凄惨だ。

奇跡調査は畏怖《いふ》すべき二択の硬貨賭博である。

クスターの母が試みることとなったソレは、見事、愛情溢れる表側を示した。神の御力の発露であると、奇跡であると認められたのだ。

即座に聖女として特権を与えられた彼女は、今も聖杯島の神殿に暮らしているのだろう。

しかしクスターは知っている。

母の力が決して輝かしい奇跡などではないことを。

むしろおぞましい類の代物で、それがゆえに町で噂を招き、奇跡調査官が家に踏み込んでくることになったのだ。

彼女は動物の死骸から虫を作り出すことができた。

普通の虫ではない。

実体すらなく飛び回る淡い緑光……尻を灯して飛ぶ夏の虫の、その燐光だけを切り取ったかのような妖しい虫だ。

何の役に立つわけでもない。ただ手慰みにそれをして、クスクスと笑うばかりだ。

評判の美女であったことが不気味さに拍車をかけていたようにクスターには思える。母ながら嫌いな女だった。居なくなって清々した。

それでも血は争えないのだ。

クスターにはクスターの不思議が在って、それは誰にも知られるわけにはいかないが、消し去ることも叶わない。

予感が鋭い……いや、強いのだ。

家に奇跡調査官が来る日は朝から物置に隠れていた。何か起こるという圧迫感が日増しに酷くなり、耐えられなくなった末にとった行動だ。

幼くから乱暴者でならした悪たれだから、物理的な脅威には物怖じするものではなかった。

しかし心の内側からヒタヒタと迫るものには抵抗できなかった。膝を抱えて震えるより仕方なかった。

善し悪しはともかく、何かが起こることを予知する力なのだろうか。

そう考えていた時期もあったが、平然と過ごした翌日に地滑りに巻き込まれて死にかけたこともある。暴れ馬に追われた時にも何の予感もなかった。

逆に、二日も寝られずに過ごした結果として何一つ起きないこともあった。

翻弄されることを嫌って武芸に打ち込んだこともあったが、それで予感が消えることはなく、いつしか札付きの無法者として子分を従えるようになっていた。

そんな時に出会った男が、サロモンである。

当時まだ百人ばかりを従える部隊長に過ぎなかったその男は、未だかつてない予感でもってクスターを打ちのめした。

面と向かい言葉を交わすまでは弱かったが、一度強まってしまうと、もはや他の予感の一切がなくなるほどのものだった。いっそ殺そうと試みたが隣にいた銀髪の女に叩きのめされた。

そして気づいたのだ。

サロモンを原因とする予感にはもはや逆らえないのだと。

痺れるように心身へ広がってしまって、もう受け入れる方が楽なのだと。

常に予感に晒《さら》される生は、いつ来るとも知れない予感に怯えることのない生でもあるのだと。

彼は生まれて初めて頭を下げた。サロモンの配下となったのである。

素晴らしい日々であった。

初めてエベリア帝国兵を斬った日を思い出す。容易いものだった。

初めて軍馬に跨《また》がった日を思い出す。高く速く勇壮だった。

初めて部下を持った日を思い出す。そこには誇りがあった。

だが……ああ……サロモンの予感はあの〝聖炎の祝祭〟の日に潰えた。終わってしまったのだ。

言葉にならない虚無感に襲われ、クスターは震えたものだ。己の胸にぽっかりと大きな大きな穴が開いている気がして、しばらくは胸を摩《さす》ることが癖になったほどだ。

サロモンが王都へ立つ日のことを、クスターは昨日のことのように思い出せる。

サロモンを指揮官とし、王軍の寄せ集めと義勇軍とで編成されていた混成の一万三千余名……いわゆるサロモン軍は、王軍本部よりその解体を命じられた。

エベリア帝国軍を撃滅して二十日ほどが経った頃のことだ。

作戦遂行上の都合で臨時に指揮下にあった三万は既にそれぞれの指揮の元へ去り、ただサロモン軍のみがその地に留まって合戦後の処理と周辺警戒とを続けていた。

軍の解体後については諸将の昇進が決定していたし、転属先も栄転ばかりが約束されていた。

亡国の危機に立ち上がった義勇兵たちが軍務を解かれるのも、時期の判断に異論はあれど、あらかじめ定められていたことだ。

誰しもに報奨金まで出た。

代わりに駐屯する軍が命令と共にやってきていたが、それはむしろ遅過ぎたくらいのもので、サロモン軍が敵味方区別なく恐怖させるほどの戦果をあげた故とも思えた。

筋違いな話は何もなかった。

喜んでいた者も多かった。

しかし疑問を口にした者もまた多かったのである。

クスターも強まる予感と共に疑念を生じさせていた。サロモン軍を解体する意味がわからなかったからだ。

最大の戦果を挙げた最強の軍を、何故、なくならせてしまうのか。目の前には行禍原《イクマガハラ》が地平まで広がっていて、その先へと進むことを遮るものなどありはしないというのに。

おっつけやってきた王命が疑いを更なるものとした。

サロモンに対しての召喚命令である。疾《と》く王都へと参上すべしという内容だ。

名目は輝かしいものだった。

救国の英雄とも言える戦功は王城にて賞されるに相応しいものであったし、勇者の葬儀に列席するという理由もあった。

そして家名返上の問題もあった。

サロモン軍には正規の編成に漏れた国軍諸部隊が編入されていたが、その中には下級とはいえ貴族も交じっていたから、体裁を整える意味でサロモンはハハト家の当主となっていたのだ。

長く断絶されていたのでハハト家の人間などサロモン一人きりという有り様だったが、それでも貴族の名跡には違いなく、軍を解体するとなれば王都にて家名を返上するより他に手段がなかった。

全ては整い過ぎるほどに整っていた。

華々しく装飾された道が……凱旋の道が王都へと敷かれていた。

勇者の影にあって日の目を見なかった苦労人が、遂に栄光に浴するかのようにも見えた。

しかし何かがおかしかった。怪しかった。疑わしかった。

凱旋であるならば、なぜ、サロモンはたった独りで行かなければならないのか。

最も強く反対を口にしたのは副官のジキルローザだった。

少数民族の出自の女で、かつてサロモンに襲いかかったクスターを半殺しにしたことがある。

女人禁制のアスリア王国軍にあっても男装して最前線を駆けた猛者だ。魔眼のジキルの異名は名高いが、彼女の性別を知る者は少ない。とてつもない美女であることを知る者もまた。

ジキルローザはもともと王国を信じていなかった。多くの戦場に命を懸けたのも、単にサロモンのためであって、王国への忠誠心など皆無なのだ。

その点はクスターも似たようなものだったので、それだけを縁に口説き、半死半生の憂き目にあったことがある。

彼女に次いで反対していたのはクスターだった。

しかしこれは理路整然とはほど遠い反対表明でしかなかった。強まる予感を制御しかねて半狂乱になっていたからである。

見たくないものを見たという理由もあった。

帝国軍撃滅の地……あるいは勇者死亡の地における二十日間で、クスターは何人もの奇跡調査官と思しき人物を見かけたのである。

彼ら特有の気配は幼少の頃の心傷として忘れられるものではない。

初めは勇者の死を調べるためと考えたが、それにしては調べる範囲が広過ぎた。そしてサロモンを見ていた。

予感とは別にクスターの専売特許ではない。

あの時、多くの者が嫌な予感を覚えたのだ。腐ったものの忌まわしい臭いを嗅いだような……鼻の奥に何かがこびりつき、胸の奥がチリチリと焦げる落ち着かない気分を味わっていたのだ。

サロモンは多くを語らなかった。

命令は命令なのだからそれに服すべし、というのが彼の主張だったようにクスターは思う。ジキルローザの熱弁には少し困った顔をして、泡を吹くように捲くし立てるクスターには白い目を向けていたような気もする。

錯乱が酷い間の事は記憶が曖昧だ。

しかし、それでも、サロモンが最後にぽつりと呟《つぶや》いた言葉だけは耳に残っている。

サロモンの死後に占術をかじるようになったクスターだが、予感の内容を推測することもできないことに苛立つたび、その言葉を思い出してきた。

不安と焦燥と空虚とを、その言葉に縋《すが》って忍耐し生きてきたと言ってもいい。

先の見えない闇へと言葉を投ずるのだ。

在りし日のサロモンを脳裏に描いて、彼の口調を模して。

「見たいものが見えないこの上は、思い切るよりない……！」

噛み締めるように口にした。

兵にも馬にも沈黙を課しているこの暗闇の丘で、クスターはそれでも言葉を発したのだ。

遠く聞こえ始めた馬蹄《ばてい》と荷車の音とが、こちらへ次第次第に近づいてくるのがわかる。風はヌメヌメとして肌に張り付き、見上げる空は禍々しいままだ。

しかしクスターは手を上げる。

六百騎の刃を閃かせるために。

今のこの生き方を貫くために。

第十五話　鎧《よろ》えない場所を狙えば

丘と丘とに挟まれた低地に人馬が小川のように列をなしている。

荷車と荷車との間隔は広い。その割に護衛の兵は列の前と後ろに集中していて、それは見るからに無防備な行軍と言えた。

荷車の数は多い。

事前情報によれば兵糧と軍資金とがそれぞれ相当量運ばれているはずだ。最終的な行く先はサルマント伯爵領で、東龍河の渡河拠点には既に大船が待機していることも確認済みである。

そこへ運び込まれてはもはやクスターらがどうこうできるものではない。拠点駐屯軍は多く、軽騎兵のみからなる兵力では水上や西岸で戦うことなどできないからだ。

引き締めた表情の裏で、不安がヒタリヒタリと怖気《おぞけ》を滲ませて止まない。

しかし行く。思い定めてきた歳月がクスターを後押ししている。

「中央を抜けてより反転、分かれて前後の護衛部隊を叩くぞ」

クスターは馬の腹を蹴り、丘を一気に駆け下った。

手綱は鞍《くら》の前橋に引っ掛けて両手を自由にし、槍をしごくこと一度、くるりと穂先を返すこと二度、六百騎の先頭として突っ込んでいく。

己を鋭利な刃の先端と化して穿《うが》つのだ。

続く者たちがその穴を広げることで分断し、それをもって敵の秩序と士気とを砕く。

手近な一人を薙ぎ倒して敵へと分け入ったその瞬間に、クスターは異常を感知した。

（これは……！）

すれ違う敵の顔には恐れがあり、緊張があって……それだけで終わっていた。

襲撃を受けたならばそこにあるべき驚愕と動揺と混乱がない。

引きつった顔には生物としての本能とせめぎ合う戦士の意思が閃いている。だから動きが柔軟だ。

無理にクスターらの矛先を受け止めようとせず、通るに任せていなしているのだ。

完全な奇襲のはずだ。

しかも護衛の少ない場所を、急所に違いない隊列の横っ腹を衝いたのだ。

それがいなされている。

クスターの槍はわずかに一人か二人を引っ掛けた程度だ。ありえざることだった。

中央突破は鮮やか過ぎるほど鮮やかに成功した。

向かいの丘へと馬を駆け上がらせて振り返ったならば、果たして輸送部隊の隊列は二つに分断されており、六百騎の蹄《ひづめ》によって踏み砕かれた無残はまるで生き物の内臓をぶちまけたかのような有り様だ。

しかし討った人数が少なすぎる。目視した限りで数十人といない。

蹴倒されて散らばった荷もおかしい。

麦粉の袋でも食料品でもなく、ましてや金の詰まった木箱でもない。木材だ。木杭だの木板だのといった、建設資材としても奇妙な諸々が散乱している。

前後の護衛は歩兵主体でそれぞれ二百人ほどだ。

予定通りにぶつかれば苦もなく打ち砕ける数である。

しかしそれを躊躇《ためら》わせる光景が広がっていた。クスターは我が目を疑った。

長槍だ。

人の背丈の三倍にも届こうかという槍が揃えられ、構えられつつある。

最初に見下ろした時にはただの歩兵だったはずだ。槍の長さも個人戦闘の一般的なものだった。

それが瞬《また》く間の変貌である。

荷だ。

護衛部隊に近い荷車は長槍を積んでいたのだ。そしてそれを即座に配備し、クスターらへ向けて整然と隊伍を組んでいる。

その戦気には鋭さがあり、これまで領軍に感じていたものとはまるで違っている。

見覚えがあった。

この二年ほど領内の各所で戦ってきた相手……ハッキネン護衛団という名の民間の戦闘集団だ。

商家の護衛を専《もっぱ》らにして台頭してきた組織で、練度も中々のものだとクスターは評価していた。

目障りではあるが必ず潰さなければならない相手でもなし、牽制程度にしかぶつかってこなかったものだが。

（まさか、雌雄を決しようとでもいうのか？）

護衛部隊から松明を持った騎兵が何騎か駆けたようだ。

クスターらが伏せていた場所へ続く丘へ上がり、灯りを振っている。

もはや誰の目にも明らかだ。

これは罠である。

目に映る人馬の列は領軍の輸送部隊ではない。兵が領軍であるかハッキネン護衛団であるかはもはや関係ない。

この丘にクスターらが得るものはなく、ただ危険だけが加速度的に六百騎を包み込もうとしている。破滅の足音が聞こえてきている。

クスターは鋭く舌打ちし、手信号も短く六百騎を駆けさせた。分けることはしない。

ここで勝つことに意味はない。

被害は避けられないし、その被害に見合う何を得られるものでもない。

丘を反対側へ越えようとして、夜目にも高く立ち上る砂塵《さじん》を認めた。

(あれが本隊か……騎兵で、千は下るまいな)

そうとなれば領都の虎の子の千騎で間違いない。どうやら領軍は馬賊討伐に本腰を上げたようだった。

クスターの見積もりではヘルレヴィ伯爵領領都の常備兵は三千と少しである。

ここ何日かの陽動輸送に千は割いたとして、更に千騎を放ったとなれば、領都には最低限の守備兵しか残っていないこととなる。

しかも砂塵は一つきりではない。

少し遠いがもう一つの砂塵も同等の兵力の移動を示しており、方角からして渡河拠点より出撃してきた騎兵だろうとクスターは察した。

むしろそちらの方が厄介かもしれない。里への退路を気取られる恐れがある。

背後からは偽装を解いた長槍部隊も迫る。

その数は五百ほどだが、囮《おとり》と心得ている槍衾《やりぶすま》は脅威だ。練度も高いと知れている。ここで決戦に及んだ場合、あるいは己の命を刈り取るのは長槍の穂先かもしれない。

クスターは鼻を鳴らした。

つくづく役に立たない予感だと思い知ったのだ。

貴族とは身を飾る装飾品を手放さないものだし、戦えぬ者ほど目に見える戦力を頼みとする。そのどちらにも当てはまるだろうマティアス・ヘルレヴィ伯爵が、まさかこれほどの決断を下すとは予想だにしなかった。

領内を盤とした駆け引きに己は負けたらしい……そう思うと、クスターは手足の力が萎えるようだった。戦場を知る者が戦場知らずの貴族の術中にはまるなど悪夢でしかない。

（……サロモン様の火を残そうなど、俺如きには大それた夢だったか）

クスターは束の間目を閉じた。

世界とは見たいものを見ることが叶わないことをもって摂理としているように思われた。

サロモンは死に、ジキルローザは消え、大衆はどこまでも度し難く在る。

せめてと手中に育んだつもりの騎兵も己の不明から包囲の危機に晒《さら》されている。

なればこそ、思い切ろう。

思い切ってみせよう。

いや増す一方の胸騒ぎの途絶するその時まで。

「少々遠回りをして戻る。各員、防塵装備は怠りないな？」

返事は諾《せ》だ。

この六百騎の中にはかつて義勇兵としてサロモン軍に所属していた者が多い。クスターの思うところを察しているから、最小限の言葉で多くを伝えきることができた。

里を滅ぼされるわけにはいかない。

「……よし、行くぞ！」

長槍部隊を置き去りにして、六百騎は千と千との間隙を衝く方角へと突進した。

丘陵の起伏を上手く利用して、前方からも後方からもわからないように十騎ずつ十班、合計百騎を密かに分けて走らせる。

別働の二百騎に連絡するためだ。

奮発した数を放ったものだが、それは連絡の届く確実性を高めるばかりが狙いではない。最悪の場合でも誰かが里へと辿り着くためだ。

事態は逼迫《ひっぱく》している。

里の存亡が懸かっている。

クスターら五百騎は囮だ。別働隊たちを逃すために奮戦しなければならない。二千騎へまともにぶつかっていって勝てるなどとは考えない。四倍の敵を打ち破れると夢想するほどにクスターは素人ではない。

しかも馬の質に大差のない北辺の騎兵同士だ。逃げ切るだけでも容易ではなかろうし、ましてやそれが里への退路を誤魔化しつつのものとなれば尚更に困難だ。一目散に駆け去ればいいというものではない。

犠牲を払いつつ東へ抜けることになるだろう。クスターはそう考えた。

速度で振り切れなくとも追手が諦めてくれる場所へ入るのだ。

即ち、北東の魔境〝死灰砂漠〟である。

人に殺されるか自然に殺されるかの差があるのみだが、しかし、自然は里への道を追跡しようとはしない。

別働隊二百騎も、連絡に走らせた百騎も、いざとなれば砂漠を目指すだろう。クスターはそこに一片の疑いも抱いていない。

砂塵の動きは予想よりも少し鈍かった。

追うつもりで来たのだろう彼らからしてみれば、賊が駆け寄せてくることは想定外に違いない。動揺が伝わってくるようである。

クスターは笑んだ。

間を抜く進路は塞がれたが、それが即座でなかったことは大きい。もはや別働隊へ手を回すことはできないだろう。

「戦術だけは勝ったか……せめてそれくらいはしないとな」

クスターは頬《ほお》を擦る夜気に自嘲を吐息した。

サロモンの指揮下で戦った最後の戦い……エベリア帝国軍を殺しに殺したあの戦いを思い出す。

己の奮戦をではない。そんな事態を招いた勇者の愚かさが、今の己と重なって感じられたのだ。

サロモンは言っていた。

これは馬鹿の尻拭いであると。

騎兵部隊の一部将に過ぎなかったクスターには当時の戦局の全体像が見えていたわけではない。

しかしわかっていたこともある。サロモンはあんな戦い方をするつもりはなかったということだ。

あれは苦しまぎれの奇策に類するもので、賭けの要素が多分にあった。

時間はかかってももっと堅実に勝ち続けるための方法を……その戦略をサロモンは日夜考え続けていた。クスターにはそう思われるのだ。

そんなサロモンが今の自分を見たならどう思うか、クスターはハッキリとわかる気がした。

きっといつものように冷笑するのだ。

命が幾つあっても足りないと。臆病者の必死は大事にとっておけと。

そして全力で戦える状況を作ってくれるだろう。勝利を確信し、勝利へと全力で駆けることができる戦場を。

駆ける。ただ駆ける。

しかしいつしか並走されていた。

数はこちらと同じくらいだろう、そうクスターは見た。丘陵の起伏の変化でチラチラと視認できるのはお互い様か。

旗は確認できないから所属は知れないが、遊撃部隊として先行したものだろうと推測する。

速度といい位置取りといい厄介な相手だ。

先を思えばこのまま駆け続けるわけにはいかない。どこかで休息を挟まなければならないが、こうも並走されていては一時的にも姿を眩ませることができない。

向こうはこちらよりほんの少し無理をするだけで後ろの本隊と挟撃《きょうげき》できる。

状況は極めて不利だ。

（……ならば、思い切るだけだ）

一撃して乱し、即座に離脱して距離を稼ぐ。そう決めてしまえば後は機会を見出すのみだ。

クスターは丘の連なりを観察した。

理想的には横合いから逆落としに当たりたい。しかしそれは向こうも同じこと、早々に有利な地形はとれない。速度を落とすわけにもいかない。

あれも駄目、これも不充分、それは敵に有利だから近寄ってはならない……付かず離れずを繰り返す疾走は指揮官同士の戦術勝負だ。ぶつかり合うばかりが戦いではない。

（なかなかに、やる……）

遊撃部隊の指揮官は近頃見なかったほどの実力者のようだ。

強引に来るでなく、さりとて弱腰に退くでもない。

緊張の糸を張り詰めざるを得ない間合いでもって、虚々実々《きょきょじつじつ》の駆け引きが続いている。

その胆力も見事だが、こちらの誘いに乗ったふりをして逆に退路断ちを試みられた時には思わず唸《うな》った。柔軟かつ巧妙な用兵だ。いずれ名のある将であろうとクスターは確信する。

「ははっ」

込み上げてくる愉悦《ゆえつ》が口から漏れた。

手を翻《ひるがえ》し翻し、率いる者たちに意図を伝達する。

背中越しに戦意が膨らんだ気配が感じられた。頼もしい熱だ。

「……よし、行け！」

下へ傾斜のついた地形に入った瞬間、五百騎を左右半分に分けた。

クスターは右を率いて敵に寄せるように駆ける。

敵部隊は初め避けたが、こちらの人数を把握したのだろう、応じるように左へと寄せてくる。

しかし当たりはしない。

クスターらはその相手の動きに合わせて左へ左へと離れていくのだから。

それは丁度、緩やかな丘を沿って弧を描くような進路だった。

敵部隊はクスターらを追尾する形になる。僅かにクスターらが速度を上げたことには気づいただろうが、しかし、その察しのよさが仇となるのだ。

左へ分かれた二百五十騎は、今まさにその丘へと至る。

クスターらが右へと寄せた時の砂塵に紛れて減速し、こうなるよう距離を整えていたのだ。

傾斜は緩くとも逆落としである。しかも敵部隊の横腹に斜め入る形だ。

肩越しにそれを確認し、クスターは笑みを深くした。

雄叫びも荒々しく、左二百五十騎が突撃を開始した。

敵部隊は大きく出血したようだ。隊列が乱れ、速度にばらつきが生じている。

好機だ。

あとはクスターら右二百五十騎が右方へ回り込みつつもう一撃してやれば終わるだろう。

指揮官を狙い討つつもりだった。敵本隊との距離を支払った分は回収しなければならない。

(素晴らしい用兵家のようだが、惜しいな、お前は俺に合わせ過ぎた。騎兵を率いる熟練度……その差まで察したのが敗因だろうよ)

指揮官の位置はおおよその見当がつく。

そこを目指さんとして、クスターは思わず悲鳴を上げた。

己の背に氷の槍か何かが突き刺さったような気がしたのだ。本物の方の槍を落としそうになる。

手綱を引いてまで後ろを振り返り、目を見開いて、クスターは呆然とした。

「な……嘘だろ……」

クスターら二百五十騎の背後へ凄まじい勢いで突貫してくる者たちがいた。その数は百騎ほどだろうか。大男を先頭にして嵐のように仲間を弾き飛ばしていく。迫ってくる。

しかし、それではない。クスターはそんなものを恐れたりはしない。

馴染み深い痺れが全身を震わせていた。

それは強烈な予感の再来をクスターに教えていた。

見る。

見るよりない。

指揮も忘れて見入るその先に、人馬の群れの奥に潜むようにして、彼は居た。

恐るべき彼がそこに居たのだ。

碧眼《へきがん》が己を射竦《いすく》めている。

まるで他人事のようにして、クスターはそれを認識していた。遅れて、実際に一本の矢が左の肩口から生えた。続けて右の肩口にも一本、鋭利に入って矢羽が揺れた。

なあんだ……やっぱり、見てたのかよ。

言葉は心の中に呟《つぶや》いた。唇は笑みの形だ。浮遊感に身を任せた。

背から地に落ち、その衝撃で息が詰まった。受身も何もあったものではなかった。

出血が熱を伴《ともな》って肩を濡らす。

情けなくも足を捻った痛みまでが脳髄に響く。

目は瞬《まばた》きも忘れて見開いたままだ。夜空が正面にあり大地が背面にある。クスターはどうすることもできず、どうしようとも思わなかった。

背嚢《はいのう》の占術板が割れた音がした。

乾いた音だったが、それは耳に心地よい音だった。

◆第十六話　これはもう決めたこと

払暁《ふつぎょう》の赤黄色はどちらのものなのだろう。

天が光りて地を寿ぐ始まりか、あるいは地が熱を発して天を鼓舞するものか。

アクセリはそれを知りたいと願い、それを教えない教会を浅薄なものだと思った。

「……どうしても、枉《ま》げてはもらえないか」

疲れたように言ったのはダニエルだ。ハッキネン護衛団の団長であり、今や名声と実力とを兼ね備えた男爵家の当主である。

その彼がいくら懇願を重ねてみても、その者の意見を覆すことが叶わない。

ラウリもオイヴァも、ヤルッコでさえもそれを願っているというのに、少年は表情も変えずに意見を繰り返す。

「はい。必要なことです」

部屋に何度目とも知れない溜息が連続した。

護衛団の分所に設けられた会議室はやや手狭で、アクセリを含む団幹部五人とマルコとが揃い踏みともなれば空気も篭る。

窓際を定位置にして立ち続け、勝ち方のわからない論争に申し訳程度に参加しつつも、アクセリは脳裏に先刻までの戦いを思い返していた。

ハッキネン護衛団の総力を挙げての馬賊討伐作戦……その図面を描いたのはマルコである。

事の初めにマルコは断言したものだ。

ヘルレヴィ伯爵領における馬賊の目的はいかなる財物でもない。

領軍と民間との区別も彼らにはどうでもいい。

なぜならば、彼らの真の狙いとは前線への軍事物資の輸送を妨げることにあるからだと。

そう言われて、アクセリも遅まきながら気づいたものである。

馬賊に襲われた際、奪われた物資も勿論のこと多いが、それ以上に多かったのは破壊された物資だったのだ。酒樽は穿《うが》たれ、麦袋は燃やされ、家畜は殺されていた。

速度をもって神出鬼没を実現する馬賊のこと、奪いきれない物資への未練がそうさせるものかと考えていたが、前線への輸送妨害が目的ならばわかる話だった。

領内各所の被害をその視点でもって分類していくと、重要な輸送作戦は軒並み襲われていることがわかる。以前アクセリが領軍として戦った際に護衛していた物資も前線への輸送品だ。

逐一を追えば、逆にその目的を隠すための欺瞞《ぎまん》襲撃も浮かび上がる。民間の被害の多くはそれだ。

馬賊はその出没の初期からして領軍の輸送部隊を主に狙っていたのである。

それは大変に奇妙な発見だった。

護衛兵力の有無や多寡を考えれば、危険を冒して領軍を襲う必要などありはしない。民間を狙い打ちにすればいい。一度に得られる財物の量は少なくとも数をこなせばいいのだ。

それをしない理由は領軍への侮《あなど》りや恨み、あるいは自分たちの戦力への自負であろうか。

アクセリには馬賊の本質が看破できていない。

さりとて、マルコの巨大な手は領内に仕掛けを施していった。

今や領内に大きな発言力を有するに至ったハッキネン護衛団の、その影響力を十二分に活用した謀略だ。民間の物流はおろか領軍の輸送計画にも介入し、徐々に徐々に馬賊の狙いを誘導していったのである。ベルトランらが謀略を陰から補強したことも大きい。

思うように目的を果たせなくなった馬賊もまた謀略を仕掛けてきたが、それ自体が既にマルコによって仕向けられた行動である。むしろ作戦は中盤に差し掛かったといえた。

策を弄するものは己の策を信じるあまり却《かえ》って策に弄される。

終局へ向けてマルコの指揮棒は冴え渡るばかりだった。

最終局面は夜の丘陵地帯に舞台を設えられた。

馬賊が主力部隊でぶつからざるを得ない好餌《こうじ》として用意したのは、輸送部隊に偽装したハッキネン護衛団五百余名である。

第一部隊二百五十四名を率いるダニエルが前方の護衛部隊に、第三部隊二百四十一名を率いるヤルッコが後方の護衛部隊に、そして第四部隊から四十八名が輸送要員として中央に位置した。

その役割は馬賊の襲撃を誘い、これに耐えることである。

機動戦闘に対抗するための長槍も用意したが危険な任務だ。

何しろ馬賊は強くて速い。簡易的な馬防柵を設置するための資材を荷にしたが、それを使う時間を稼げるかどうかは微妙なところだった。

ここに団長たるダニエルと兵の信頼厚いヤルッコとを配置したことには大きな意味があった。

果たして馬賊は奇襲をかけてきた。

来ることはわかっていたが、事前に埋伏場所を特定できなかったことは、彼らの騎兵としての手練が示されたものといえよう。

しかも当たったのは一度きりで再び襲わない。それは予想されていたことではあったが、やはり馬賊の実力を感じさせる判断だった。

合図を受けて動いた部隊は四つある。

その内の二つは、第四部隊の四十名からなる各分隊だ。

それぞれ馬に箒《ほうき》や熊手を多数曳かせて走った。大量の砂煙を意図的に舞い上がらせ、まるで軍勢が存在するかのように偽装するのだ。領都からの騎兵役と、渡河拠点からの騎兵役とで、馬賊の退路を限定する役目である。

これはアクセリの私見であるが、第四部隊は小器用な人間が多いように思われる。

もう一つの部隊は、オイヴァ率いる第四部隊百名による騎兵隊だ。

これは遊撃を任務とするもので、状況に応じて他の部隊を援護し、作戦全体を補強することが役割である。マルコはここに参加し、あらゆる事態に最適解を示すことが期待された。

最後の一つが、アクセリ率いる軽騎兵五百十九名である。

これはハッキネン護衛団第二部隊二百六十九名にヘルレヴィ領軍騎兵隊二百五十名を加えた数だ。

領主と領軍とに掛け合って、何とか出してもらえた数がそれなのだ。

かつての部下を含む優秀な者たちを選んだものだが、欲を言えば倍する数が欲しかったアクセリである。

何故なら、アクセリたちの役割こそが馬賊への打撃任務だからだ。

これまでの謀略の結実としてそれなり以上の戦果が求められる。

期待に尻込むアクセリではないが、敵の強悍《きょうかん》を思えば兵数は多ければ多い方がいいし、大軍であるほどに己の軍才を活かせるように思うのだ。

そして、その思いは危機の中で強まることとなった。

馬賊は偽兵の計にかかるも、存在しない二千騎に対して陽動行動をとってのけたのである。

その勇気と機転とにアクセリは目を見張ったものだ。

結果として馬賊の進路は想定を少し外れた。ダニエルら長槍歩兵隊との連携は不可能となってしまった。

その時点でも謀略は効果を発揮しており、馬賊は別働隊へ伝令を飛ばす選択をした。彼らは皮肉にも用兵の巧みさによって本隊戦力を減らすこととなったのである。

それでやっとアクセリ隊と同数になったのだから危うい話だ。

偽兵が有効に働いている以上決戦となることはあり得ないが、戦果を挙げられるかどうかはオイヴァ隊との連携次第という状況になった。

馬賊五百騎は素晴らしい軽騎兵部隊だった。

背後から多勢に追われているという圧迫感もあろうに、高速の中にも隊伍を自在に変容させ、地形を読み様々な行動をとっていた。

それは軽騎兵戦術の玄妙さのようにアクセリには思われた。

マルコの言葉が冷や汗と共に思い出されたものだ。あのサロモン軍と関係がある軽騎兵部隊……

それは大陸最強格の軽騎兵部隊という意味でもあったのではないかと。

アクセリにとっての有利はオイヴァ隊百騎が伏せる位置を知っていたことだ。

無理に当たる必要はなかった。

そちらへと上手く導いていけば、あのマルコのことだ、効果的な一撃をもってこちらに連携してくることは疑いない。それまでは巧妙に揺さぶっておけばいい。

今にして思えばそれが隙だったとアクセリは慙愧《ざんき》する。

戦いとはいかなる規模種類であっても本質的には同じで、相手の意志を挫くことこそが肝要だ。

そしてそれは戦術の剛柔を併せ持って初めて可能である。

あの時、アクセリは柔に傾いて剛を疎かにしていた。

決着をマルコに任せてしまったのだ。

だから、あの分離攻撃を喰らうことになった。

左横合いから逆落とし気味に襲われ、僅かの間に数十名が討たれた。

護衛団と領軍との混成部隊であるという弱点も作用した。

アクセリは立て直すまでの被害は相当なものになると確信し、追っていた二百五十騎が来襲してきたならば致命的な結果になるとも予測した。

しかしそうはなるまいとも思っていた。

オイヴァ隊が届くに充分な位置へと到達していたからだ。

果たして百騎は完璧なまでの奇襲を成功させ、見事、馬賊の頭領を生け捕ってみせた。

その直接の武功を立てたのがマルコだというのだから、アクセリも他の者たちも感じ入るより他にない。どこまでも規格外の少年だ。

さりとて敵もさるものだ。

頭領を捕らわれても僅かに動揺したのみで、奪還が不可能と見るやすぐさま駆け去っていった。

無秩序な逃亡ではない。部隊としての戦力を維持したままの撤退だ。一人一人が兵として見事なだけでなく、組織としても目的意識が徹底されているのだろう。

戦果は一応の基準に達した。

討ち取った馬賊の数は九十三人で、これは護衛団と領軍の戦死者総数と大差ないものだが、捕虜にした数は二百九人を数えた。

馬賊の主力と思われる部隊を半壊させ、その頭領を捕縛したということだ。

これは必要な戦いだった。発足条件として馬賊の討伐がある以上は避けられないものだった。

その結果は勝利である。ハッキネン護衛団はその武名を更なるものとするだろう。

領内の治安についても大幅な向上を見込むことができる。

しかし、そのことが護衛団にとってはむしろ負の方向に作用することを避けられない。馬賊と護衛団とは、ある意味で持ちつ持たれつの関係だったのだ。

今回の損害で馬賊はその活動を縮小する。里の位置は知れなくともこれは間違いない。ところがそうなると護衛団の必要性が低下するのだ。

商人とは利に敏い。

初めは道中の護衛人数を減らすことを言い出し、次いで護衛料の減額も要求してくるだろう。安全性が増すほどに護衛の仕事そのものが減少していくだろう。

信頼こそ得られるが実利を失うのだ。

領主もまた黙ってはいまい。アクセリは彼の陰気な表情まで想像することができる。

自分が兵権を有する軍よりも強く高名な戦闘集団が領内に存在する……もとより彼は気に食わないのだ。自分で発足を唆《そそのか》した面もあるから我慢もしてきたようだが、今回のことでそれも限度を超えるだろう。

救いがあるとすれば、それが領主の我欲からではないことか。

そう思えばアクセリも苦笑いを浮かべるよりない。未だもって彼は領主からの密命を帯びる身である。領軍中尉として特殊任務を遂行中ということになっているのだ。

公序良俗に反する恐れあらば即座に報告せよと命ずる領主にとって、護衛団など精々が躾《しつ》けられた野犬の群れ程度の認識でしかないのかもしれない。

ハッキネン護衛団は規模を縮小しなければならない。

幹部の誰もが何某《なにがし》かの夢の終わりを感じていたこの夜更けに、マルコはしかし言い放ったのだ。

「馬賊が目的をもって行動している以上、やがては勢力を盛り返し、それに増員で対応するということになります。その不毛を生業とする手もありますが、遠からず団は民衆の支持を失うでしょう。解決策を講じないことで組織の延命を図るなど、領政の怠慢《たいまん》にも劣る行為だからです」

痛烈な批判だった。そして、続けてとんでもないことを言い出した。

「捕虜の内の百人を僕に預けてください。彼らと共に里へ入り、彼らの目的そのものを変えてみせましょう」

誰もが最初は意味がわからなかった。

しかし声は耳からしっかりと入り込んでいて、それが体温で解けていった後には激情が溢れた。

意図せず声を荒げたことは、アクセリにとって初めての経験だったかもしれない。

しかし抑えられなかった。反対だ。大反対だった。

捕虜などどうでもいい。

マルコのことだ。

何をどう血迷ったなら、長らく戦い続けてきた敵の本拠地に十歳の少年を送り出せるというのか。

酔狂にも冗談にもなりはしない。激発もしようというものだ。

ましてや、その少年こそが自分たちの中心なのだ。

言葉にしなくとも幹部誰もが承知している。誰もがマルコに何かを見出している。

(俺はベルトランほど明け透けには言えない立場だが……それでも変わらん)

誰よりも真っ直ぐにマルコへの忠誠を示す男を思い浮かべ、アクセリは鼻を鳴らした。

ベルトランは己の信仰する神の姿を少年に重ね見ている。マルコに命じられたならば自死も躊躇《ためら》わないのかもしれない。

緑巾の男の在り様をアクセリはそう感じているし、それを些《いささ》かも馬鹿にする気がない。自身も似たようなものだと自覚しているからだ。

アクセリにとってマルコは王である。

王を持ってこその将であり、将であることこそがアクセリ・アーネルの本懐なのだ。

マルコと出会う以前の己に戻るくらいならばいっそ名を捨てるだろう。

マルコと出会って以降の己こそがアクセリ・アーネルであり、それがゆえに己の能力の全てを発揮してきたのだ。勇躍する生を生きてきたのだ。

未だ空は明けやらず、室内の灯明に照らされて窓は鏡を模倣《もほう》している。

アクセリは己の顔を見た。口元に笑みもないことに笑む。

そう……これが自分の顔だ。これでこそだ。

アクセリ・アーネルとはこのように笑いながら、万事に見事を成すのだ。

「して……何年ほどが掛かりますかな？　我々は何年待てばよろしいので？」

言葉に敬いを整えて、マルコに問う。

疲れた顔をした面々がギョッとしたのが視界の端にもわかった。言ったもの勝ちだというのがアクセリの気持ちである。これで将の初めは自分であろう。

マルコが里へ赴いたとしてハッキネン護衛団が縮小することは変わらない。

いずれアクセリも領軍の便利屋へと戻されるだろう。過去の退屈が風景としては戻ってくるのだ。

だからここに誓いを立て、押し戴かなければならない。

己の定めた主に、己を従として認めてもらわなければならない。

それが成ったならば、アクセリは待てる。何年だろうとも。

将とは王の天命を疑わないからだ。

じっと自分を見る碧眼に正対し、その視線を宣誓《せんせい》への道として、真っ直ぐに進む。椅子に座るマルコの足元へ膝をついて……アクセリが恭しくも流麗に行ってみせるのは臣下の礼だ。

「今は敢えて御名にて呼ばせて頂きましょう。主、マルコよ」

碧眼はただ静かに開かれている。それもまた鏡なのだ。その奥に無明の闇を湛えて波紋の一つとて生じない。

「臣に御下命を。きっとその何年かの内に果たしてみせましょう」

沈黙が流れたが、それはアクセリにとっては幸せな時間だった。

交差した視線の間に語り合われるものがあった。

やがて多くの臣と民とをこの王は統べることになるだろうが、今この瞬間、王の視界には自分のみが映っているのだ。アクセリはそれを楽しんだ。

くすり、とマルコは笑った。

アクセリもまた笑みを新たにした。

では僕も敢えて敬語のままで、と前置いてからマルコは話し出した。

「二年から三年はかかります。その間にアクセリは出世しておいてください。少なくとも領都の精

鋭千騎を指揮下に置くくらいには」

無茶とは思わなかった。むしろ望むところだった。

「どんな方法をとろうとも構いませんな？」

「任せます。貴方ならばどうとでもするでしょう。領都は不正に満ちています」

困ったことです、とまるで困っていない顔で付け加えるものだから、アクセリは思わず噴き出してしまった。

マルコは領内の物流を把握することで軍事物資にまつわる不正を幾つも発見している。その証拠を掴むなりして利用しろと言っているのだ。

これだからアクセリは堪らない。この王はいちいちに素敵だ。

「御下命、承りました」

誓いは成った。アクセリはまだまだ楽しい夢の続きを生きることができる。

「さて……他に何もないようなら、とりあえずは一時解散ですかな？」

アクセリが周囲を見回してやったならば。

ラウリは素早く、ダニエルは慌てて、オイヴァは楽しそうに、そしてヤルッコは難しい顔の頬を赤らめて……先を争うようにしてマルコの元へ参じようとして、肩と肘とをぶつけ合いつつも、しかし一様にアクセリを険のある視線で一瞥するのだ。

「世の大概は、早い者勝ちというもので」

アクセリはそう言ってやり、肩をすくめてみせたのだった。

第十七話　戦の旗を掲げんとすれば

「確かに預かりました。間違いなく届けることを約束します」

護衛団の団員から手紙の束を受け取ったマルコが、それを上織物の布で包んでいく。その所作は丁寧で嫌味がなく、受け取ったものの重さへの敬意が伝わってくる。

ヤルッコはただ頷くことだけをして見守った。

「領都への身柄の移送は三日後になります。何かありましたら外へ呼びかけてください」

返事はないが、声をかけられた男たちの視線は強い熱を帯びてマルコへと注がれている。

それを些《いささ》かも動じずに受け止めきるあたりがいかにもこの少年なのだろう、とヤルッコはこれにも頷いた。

マルコは腹の据わり方が尋常ではない。豪胆極まる。

状況は、長く戦場に生きてきたヤルッコをして下っ腹に力を込めているほどなのだが。

手足を繋がれて座す男たちは馬賊だ。先の戦いで捕らわれた者たちである。この天幕には三十余名が押し込められていて、内にも外にも護衛団の監視が立っている。

そんな天幕が他にも幾つか設けられていた。町の中には彼らを収容する適切な施設がなかったからだ。

最後に監視の団員に頷いてみせて、マルコは天幕を出ていく。

ヤルッコはそれに追従しながらもふと振り返ってみた。

目という目がそれ自体光を帯びるようにして、ただ一点、マルコの背を追っていた。

外へと出る際に、ヤルッコは出入口の布を長く開けておいた。少年の背は去らずにそこにあったからだ。

空はのどかな色をしていて今日もまた暑い。

熱は命の証のようにヤルッコには思える。これを発して世界を生きて、これが冷めて人は死ぬのだ。その理《ことわり》からは誰も逃れられない。

「……僕一人でも大丈夫ですよ？」

ヤルッコは知らず溜息をついたらしかった。

包みを抱え覗き込むようにするマルコへ、顰《しか》め面でもって返答する。

「年寄り扱いするでないわ。誰だって嫌いな季節くらいあるじゃろ。儂《わし》、夏。それだけじゃい」

そう捲くし立てたなら、小さくマルコの笑みが咲いた。

更に顔を顰めてみせるヤルッコである。

この少年の察しのよさは恐るべきものがあり、己のつまらない気遣いなどが通じるものではない。

わかってはいたことだ。

「僕は……冬かな。動けなくなるから」

声の響きに何かしら遥かなものがあった。

ヤルッコは応じない。

　これまで多くの人間を見てきたからだ。同じだけ多くの話も聞いてきたからだ。だから言葉が向かう先というものをわきまえている。

　今、マルコのそれは遠い。人は時空を超えて心を飛ばすことのできる生き物だ。

「僕を残酷だと思いますか？」

　碧眼《へきがん》には揺らぐものなどない。

　やはりヤルッコは顔を顰める。

「戦を働くもんに、そうでないもんがおるかよ」

「いますよ。例えば貴方です」

　静かな声だった。責めるでも褒めるでもなく、ただ淡々と事実を指摘しているようにして響く。

　しかしその裏には仄《ほの》かに滲むものがあるから、ヤルッコは下唇を突き出すようにして渋面を更に顰める。

「優しい人間は多く傷つきます。他人の痛みを引き受けてしまうからです。それで酔えるのならばまだいいのでしょうが、貴方は酒の力を借りてもそれができません」

　事実だった。

　馬賊との戦いは護衛団の勝利に終わり、ヤルッコはまた一つの戦場を生き残った。

　騎兵が乗り手を失った軍馬を集めている間に、歩兵には歩兵の仕事があった。死した敵にはその死を認め、重傷の敵にはとどめを刺し、そこそこの傷の敵には適宜対応して、軽傷の敵は縛り上げた。それらの作業を終えた後、ヤルッコは皆に隠れてチロリと酒を舐めた。

その後、マルコへの徹夜の説得はいつの間にやら気恥ずかしい誓いの儀式となり、ヤルッコも自らの意思でそれを為した。少し寝て、翌日は死んだ団員を弔《とむら》った。酒をガブリとやった。

戦とは死の生産だ。

数知れずそこに生き、数知れない終わりを見てきたヤルッコである。

慣れはする。

目で見たものも耳で聞いたものもやがては有象無象の中に忘れていく。忘れることができる。

鼻で嗅いだものなどはそもそも覚えることもできやしない。それはヤルッコが味覚音痴であることに関係しているのかもしれない。

しかし、感触だけは駄目なのだ。

人を掴み、人を斬り、人を刺し、人を叩いた。たくさんをだ。それらの一つ一つが己の命を震わせて、辛苦を蓄積していくようにヤルッコには感じられた。

最も深く強く残るものは熱の喪失感だ。

触れて温かかったものが冷えてしまう体験はやりきれない。

さっきまでは確かな熱を持っていたものも、一度その熱が失われたならば、もはや決して熱を取り戻すことはない。触れていた手だけが寒々しく残されるのだ。

酒は身体を温める。そして心をも温めてくれる。この人生になくてはならない友人だ。

しかしその友人との仲が深まるにつれて酒量は増え、老いた胃がその量に耐えられなくなってきた昨今、酔いきれない薄ら寒さがヤルッコにこびりついている。

「貴方は強い。それは間違いありません。古兵としてここに立つまでの間にどれほどの痛みを抱えてきたのか……どれもが誰かの痛みであるのに、それらをしっかりと悲しみ、悲しむことで温めてきた貴方は、まるで兵たちの母鳥のようだ」

せめて父鳥だろうが、と言えばよかったろうか。

ヤルッコは喉まで出かかったそれを言えずに頬《ほお》を赤くさせた。力んだのだ。

「そんな貴方だから……僕には必要なのです」

マルコの声に答えることもなく、ヤルッコは力みを強めた。

「僕は非情の道を行きます。しかもたくさんの人を引き連れていきますから、前にも後ろにも残酷ばかりが散らばることになります。たくさん恨まれ、たくさん恐れられるでしょう。そんな道の行く果ては想像するに難くありません」

それは自嘲でも自虐でもなく、矢筒の矢を数え上げるかのような口調だった。

「兵は僕と共に死地へと走りますが、決して僕の下に憩《いこ》うことはありません。僕は死を踏みしめるからです。貴方にはそれを温めてほしい。できるだけ長く長く……もしも可能ならば……」

言葉が遠く遠くなっていき、ヤルッコには最後の方が聞き取れなかった。

マルコの目は何年後の未来を見ているものか。

しかしよくない単語を最後に口にした気がして、ヤルッコは大きく鼻を鳴らした。

「フン！　辛気臭いことを言いおってからに……若いもんには若いもんの役割ってもんがあるのを知らんようじゃな！　年寄りを邪魔者扱いするのも、馬鹿みたいにでっかくて明るい夢を語るのも仕事仕事！」

嫌だ嫌だ、という顔をしてヤルッコは言ってやるのみだ。

「そういえば、酒の美味さも知らんくせに酒の量を控えろとかぬかすのも仕事じゃったっけ……やれやれじゃい！」

プイと横を向くが、首を振るその僅かの間に、マルコに再びの笑みが咲いたことを見逃さなかった。顔が妙に熱くなっていることをヤルッコは感じていた。

そしてそれを仕方がないと思う。こういう会話を素面でやれる性質ではなかった。釣られた我が身がこそばゆいのは当然だ。しかし放っておけるわけもなかった。

二人、連れだって先へ歩いていく。やるべきことは多い。

先を歩くマルコの背は低い。鍛えてはいるようだが、肩幅も肉のつきようもまだまだだ。しかし凛として伸びた背筋と流れるような身のこなしとは俊敏さをよく表わしていて、もう二、三年もすれば頼もしい若武者へ成長するだろうと思われた。

この姿を見納めた後には、どんなマルコを目にすることとなるのだろう。

ヤルッコは素直にそれが楽しみで、頬が綻びかけたが、すぐにそれを自制した。好々爺然として人目に映るなど堪忍できない性分である。

解けぬ皺《しわ》も多いその顔を体操よろしくウニウニと動かして、しっかりと顰めっ面へ固定した。

ところが、どうしてかそういう油断や隙は目撃されてしまうものである。

「おお、ヤルッコさんはそういう風に笑うのか。俺ぁ初めて見たが、何だかありがてえなぁ」

槍を抱えて日陰に涼んでいた大男が、止してくれればいいものを、大きな声で感想などを述べるのだ。

オイヴァである。ヤルッコにとっては護衛団において最も職務内容の近しい同僚だ。

また、彼の家名については少々の縁もあった。戦場に結ばれた縁だ。オタラ姓の騎士、戦士には豪胆な者が多いと知る。

気持ちのいい男なのだ。しかし少々といわず明け透けに過ぎる。

頑固頑迷をもって老いの一張羅とするところのヤルッコにとっては、これ以上の不機嫌を表現するにはもはや歯を剥くくらいしか手段が残されていなかった。頬がひたすらに熱い。

「オイヴァ、膝はもういいのですか？」

マルコが問うた。あの未明の誓いを経て、少年は一部の大人に対して敬称を用いずに名を呼ぶようになった。

それは印だ。

全てにおいて一分の隙もない子が、社会的な非常識を敢えて行うことでもって僅かに胸襟《きょうきん》を開いているのだ。呼び捨てにされることは彼に認められたことを意味している。

「おう、俺はどうってことねぇよ。気の毒なことになっちまったのは馬の方だな」

呼ばれて嬉しげにしたオイヴァであるが、一転、言葉尻はしょんぼりとした顔で言ったものだ。

彼は馬賊との決戦に際して百騎の遊撃騎兵隊として駆けたが、哀しいかな、想定以上の激戦は彼の跨《また》がる馬に苛酷《かこく》を強いてしまったのである。

重過ぎるのだ、オイヴァは。

ただでさえ過積載を地で行くところを、大薙刀を振り回しての大立ち回りなどをやってしまったものだから、遂に馬への負担が限度を超えてしまった。

馬がその命とも言える脚を痛めてしまったのだ。その結果としてオイヴァは落馬し、それでも十二分に戦ったのだから見事と言うよりない。

ヤルッコの見たところ護衛団の中で最も武芸の才を有するのはこの大男である。

「フン、お主が気の毒なことにならんくてよかったわい。騎馬に囲まれてようやったもんじゃ。その図体ならではの戦かの」

「まあなぁ……もともと乗馬って得意な方じゃねえし、俺、騎乗して戦うのやめるかなぁ」

「騎士を目指さんのならそれもよかろうが……」

「親父や兄貴たちの後追いはしてねぇんだ。うちは親離れも子離れも早ぇもんでよ」

そう言う割にはどこか悪戯っ子のような表情を見せるオイヴァである。

人生の選択はまさに人それぞれだ。

才はその選択に影響するものの決定権などありはしない。誰もが己の欲するところのものを希求して生きることができる。

ヤルッコもまた同じだ。さして戦いに秀でるわけでもなしに兵の人生を選択し、それを生きている。五十年以上にもなる兵歴を思えば、今更に迷いなどはあろうはずもない。

ただ、思う。マルコはどうなのかと。

自らを冷酷と自認し、死の荒野へと駆けゆくことを予言してみせた少年は、果たしてその生き方を心から望んでいるのだろうか。

才はある。畏怖《いふ》せずにはいられないほどの才だ。しかもそれを長年の付き合いとでもいうようにして把握し、使いこなしている風に見える。

しかしヤルッコの知る限りにおいて、人生の選択とは二種類があるきりで他はその相似形に過ぎない。どちらかを選ぶよりない。

自らの好むところのものを選ぶのか、それとも嫌うところのものを選ぶのかだ。

オイヴァは前者だろう。

長く燻《くすぶ》っていた期間こそあれ、彼が己の生を謳歌《おうか》していることは表情の豊かさ一つとってみても察することができる。悲しむも楽しむも大いに味わえるというのは好ましい人生を選択している証拠とも言える。

ヤルッコは後者だ。

十五歳の冬に兵士として生き始めたその最初から、戦いのことも争いのことも欠片も好いてはいない。大いに嫌悪していた。

その理由はもはや遠い昔に去っていってしまったものの、厭《いと》う気持ちがあったればこそ、そこへ命を投じて遮二無二《しゃにむに》生きてきたのである。ままならないものに抗うことで力を発揮してきたのだ。

マルコはどちらなのだろうか。

十歳のマルコは、今、何を己の力の源として生きているのだろうか。

その生を幸せに生きているのだろうか。

遥かな未来へ思いを馳せる時、若者は夢と希望を胸一杯にして熱く高揚するものだ。ところがマルコは違う。マルコがそれをする時、そこにはどうしてか陰惨な雰囲気が避け難くつきまとう。

熱くはある。しかしそれは情熱ではなく何かしら恐ろしいものを熱源としているように感じられるのだ。

「適材適所という言葉もあります。二人はどっしりと構えたところがありますから、歩兵を率いることに向いているでしょうね」

臆面もなく大人を批評し、衒《てら》いもなく軍事を語る黒髪碧眼の少年は、どんな未来を遠望しているものだろうか。いかなる遠謀をめぐらしているものだろうか。

「ん？　なら俺、どうして騎馬でやったんだ？」

「あの夜、僕ら百騎は決定力として控えていました。勝利する時は敵を討つその場へ、敗北する時は味方討たれるその場へ、状況に合わせ駆けつけなければなりませんでした。つまりは、速やかに死地へ赴くためですよ。オイヴァはそこが得意ですからね」

「……とんでもねぇ誤解があるように思うんだが」

「近くで拝見して確信を強めました。貴方は必死になればなるほどに輝く人なのですね。まるで嵐が来なければ身動きもしない岩石亀のように」

「……褒められた気がしねぇんだが」

大男が神妙な顔をして小さな少年に翻弄されている。

ヤルッコは憮然とした態を装ってそれを見る。マルコが笑顔となる様子を見る。

そこには確かに喜びが在る。

在り続ければいいと思う。この光景に手で触れたならば、それはきっと温かいに違いない。

ともすれば下がりそうになる眦《まなじり》をキリリと引き上げつつ、ヤルッコは気温とは別のところの温かみを味わっていた。

◆◆◆

夜、ヤルッコは布の天井を見上げながら眠れずにいた。

他の団員たちの鼾が聞こえている。虫の鳴き声も賑やかだ。天井がなければ星の明滅もまた繰り返されているだろう。

護衛団の面々は交代で町の寝床にありつけるが、ヤルッコとオイヴァは常に野営だ。万が一馬賊が逆襲してきた際には即座に指揮を執るためである。

逆にアクセリは常に町の分所に詰めていて、それは政治向きの窓口になるためだが、少々と言わず役得だと認識されている。

ダニエルとラウリは諸々の交渉のために領都へ向かっている。

さても眠れずに過ごす夜は心の凍えが意識されて敵わない。

ヤルッコは酒を飲みたく思ったが、控えるよう促がされたばかりである。杯を手に取ることは憚《はばか》られた。完全な酒断ちなど思いもよらないが、せめて今夜くらいは老兵の意地を発揮してもよいように思うのだ。

だから、彼は代わりのもので酔うことにした。

マルコである。

思い出すのは、団員を弔った翌日の出来事……マルコによる捕虜の選抜だ。二百六名全員を外に連れ出して座らせ、武装した団員たちでそれを囲った。

選抜方法は誰も明かされていなかった。ただ、幹部も含めて誰も何も話さないようにと厳命されていた。

台の上に立って、マルコは名乗りもなく話し出したものである。

「今、貴方たちには何もない。貴方たちは逮捕された犯罪者であり、戦いに敗れた敗残者です。この後に待っているものは死刑か強制労働か人身売買か……まず人として生きる道は残されていません。どんな目的を胸に秘めていようとも、人の思い描いた夢とは人が夢見るものです。その夢はもはや貴方たちのものではない。貴方たちには何もないのです」

言われた内容にも、言った人間の容姿年齢にも、捕虜たちは何の反感も疑問を感じていないようだった。ただ食い入るようにマルコを見つめ、聞き入っていた。

ヤルッコらが休息と弔いとに当てた日をマルコは捕虜たちと共に過ごしていたから、きっとそれが影響したのだろう。そうとしか思えない。

思い出されたのはラウリの言葉である。『不思議なことはあるものです』と、彼はしばしばそう言っていた。ヤルッコよりもマルコを知る男の言葉だ。

これもそんな不思議の一つなのだろうと考えた。

マルコにならばそういうことも起こり得るのだろうと。

「そんな貴方たちに一つの道を与えましょう」

小さな手が捕虜たちに向けて伸ばされたが、それはまるで万を超える兵に軍令を発する者の姿だった。

「滅私の百人を選抜なさい。死の原野を駆けるための百人を。選抜されなかった者の末路は死体か、人の形をした道具か、どちらにしても人をやめることになりますが……選抜された者もまた人を捨てることになります。戦場に死をばら撒き、血を啜《すす》り肉をむさぼる狂いの刃こそが、その百人の化身すべき姿だからです。僕が仕立ててあげましょう」

そう言ったマルコの顔には、恐るべき碧眼が輝いていた。

「死を呼吸なさい、哀れ敗れて虜囚の辱めを受ける者たちよ。今の貴方たちには何もない。旗もなく戦場を駆けた貴方たちは惨めだ。いかに強くなろうとも、思いを一つにしようとも、事の始まりから暴力の沼に囚われてしまっていて、明日が見えていない」

示されていた手が翻《ひるがえ》り、夜風が草原をそよがせるようにして、黒髪をかき上げた。

「だから……ねぇ……僕が拾い上げてあげるよ」

浮かんだ微笑の何と凄まじいものであったか！

座る捕虜たちが、囲う団員たちが、その場にいてそれを見聞きした誰もが稲妻に打たれたかの如く身体を慄《おのの》かせたようだった。

ヤルッコも戦慄を覚えていたが、初めてのことではないから平静を装えた。他の幹部たちも同じだったろう。

あれは領都の護衛団本部でのことだ。

馬賊を分析した結論を説明し、最後に一つの予測を口にした時、マルコは同じような笑みを浮かべたのだ。

切っ掛けは一人の男の名前だ。

サロモン。

現地徴用の義勇兵から身を立てて、万を超える軍を統率する将軍となった男だ。

ヤルッコはその男と何度か戦場を共にしたことがあり、極めて優秀な指揮官だったと記憶している。非情なまでに合理的な用兵はどこかしら恐ろしいものがあって、勇者の派手で英雄的な用兵とは対照的だった。

思い出が交錯して……今、寝床にあってヤルッコは一つの不思議を体験した。

微笑みながら台の上で捕虜たちを誘うマルコの姿が、明確な記憶として見えていたそれが、どうしてかサロモンの姿として思い返されたのだ。

魔人として火刑《かけい》に処された男と、黒髪碧眼の十歳児とが、分かち難いもののように重なってしまって離れない。

「拾い上げてあげる。その沼の中から。立たせてあげるよ、武人の原に」

不思議が語り続ける。

幼さの残る高い声で。

大人の苦味に舌を浸した低い声で。

「旗も用意してあげるよ。僕らに相応しい戦の旗を。血よりも赤く、炎よりも煌びやかに、立ち塞がる全てを焼き尽くして黒く殺してしまうような……そんな戦旗を持たせてあげる。掲げるのは君たちだ」

腕が伸ばされた。

手の平を上にして指が開き、そしてそれが緩やかに曲がる。

誘っているのだ。

何かしら魔的な誘いが為されたのだ。

将軍なのか、魔人なのか、大人なのか、少年なのか……何もかもが混然一体となり定かではないが、その不可解さすらもが抗い難い魅力となっている。

これを魔性と言わずして何と言うのか。

その不思議にヤルッコは酔った。

だからその後に垣間見えたものも幻に違いない。

見たこともない旗を掲げて戦場を疾走する軍が在った。

畏怖すべき軍だ。

戦場に死という死を現出すること、まるで枯野に放たれた火炎の如し。その熱量をすらヤルッコは感じた。叫び出したいほどのそれを。

熱い。

この軍の熱は尋常のものではない。

大陸そのものを焼き払い、溶かし尽くしてしまうのかもしれない。

その軍の中心にいた騎士は……あれは……？

「むおっ⁉」

声を発して、ヤルッコは天幕の中の世界に身を起こした。

周囲は音に満ちている。団員たちは誰もが疲れているし、夏の虫たちは夜っぴて歌い続けても飽くことがない。己の息遣いもまた音をたてている。

眠っていた時間は僅かでしかなかったようだ。

緩慢に寝床で身じろぎし、ヤルッコは己の手がじんわりと汗ばんでいることに気づいた。

凍えは感じられない。上手く酔えた時よりも強い熱が篭っていた。節々の痛みも和らいでいる。

若返ったような気分だった。

「……フン、それでも老兵じゃよ、儂」

呟《つぶや》いて、ヤルッコは冷めぬ内にと眠りを求めることにした。

幻の続きは来ない。それでいいとヤルッコは思う。

深酒はよろしくないのと同じことだ。求め過ぎてはいけない。何事もほどほどがいいのである。

長生きの秘訣があるとしたらそれだろう。

(長生きか……若いもんの一等大事な仕事はな、命の順番を守ることじゃ。儂にお前の死など見せんでくれよ、マルコ……)

眠りはすぐに訪れて、ヤルッコは安らいだ気持ちでそれを迎えた。

死とは違うが死に似た曖昧へと、意識の途絶へと身を委ねていく。

頬が緩んだが、ヤルッコはそれを放っておいた。笑みが浮かぶことも構うものではない。寝顔とは誰であれ間の抜けたものだ。

明日は来る。一日分の老いと共に。

しかしこの瞬間はそれをも忘れて、ただ眠ろう。

ヤルッコは大きく長く息を吐いた。それが一日の終いの仕事であった。

◇第十八話　新聞を読む暇は楽しいもの

灯明がジリジリと音を立てて燃えている。

ラウリは何とはなしにその音を耳に味わいながら、書類仕事に疲れた手を揉んでいた。背もたれが背のうまいところに当たっていて心地よい。

ふと、脇の巻物籠に入れっ放しにしておいた新聞を手に取った。紐を解いて羊皮紙の丸みを上下に伸ばす。文面に目を通す。

大きく報じられているのはハッキネン護衛団による馬賊討伐である。

領軍からの援兵もあったものだから、いつもよりも大々的な記事になっていて、内容も筆が踊っている印象だ。検閲が緩めであるということだ。

「『ハッキネン男爵の知謀と勇敢』か……ふむふむ……やあ、今回はアーネル中尉の名前もあるや。二人とも見栄えがいいものなぁ……ヤルッコ軍曹とオイヴァは……まぁ、うん、知る人ぞ知るってことで」

クスクスと笑いの漏れるラウリである。

地方向けにしろ都会向けにしろ、新聞紙面でのダニエル・ハッキネン男爵の取り上げられ方には熱狂的なものがあった。

もともと家名と容姿とで人気のある人物だったのだ。

長く屋敷に引き篭もるような生活をしていたが、護衛団の設立と共に広く世間に活躍の姿を見せつけている。衆望が増すのも当然のことだった。

そしてそれは彼にとっての追い風となる……ラウリは目を細めて髭を撫でた。

思い出されるのは馬賊討伐直後の深夜、あの狭い会議室での夜明かしだ。

マルコへの説得はいつしか不思議な宣誓《せんせい》へと移り変わり、ラウリに次いで誓いを立てたダニエルに対してマルコは言ったものである。

「王都の社交界に復帰し、開戦派に接近してください。軍事的な信頼を得る必要もあります。今から言う名を覚えておいてください。きっと貴方の力になってくれるでしょう」

挙げられたのは主に前線に詰める諸将の名で、聞けば護衛団発足の契機となった領都訪問時に手紙を送ったのだという。

どうやってそれらの人間を知り、どうしてその後も交友関係を続けられたのかはわからないが、何とも心強い話であった。マルコの不思議はいつも頼もしい。

そしてラウリはサルマント伯爵領とペテリウス伯爵領における闇塩の調査を思った。詳細に情報が集まった理由はそれであったかと。

開戦派についての言及も幹部らを驚かせたが、ただ一人、ラウリにとってだけはすんなりと耳に入ることだった。いずれ再びの戦乱がやってくる……それはマルコが万事における大前提としていることで、ラウリは前線歌謡と共にそれを語られたものだ。

〝聖炎の祝祭〟以降、アスリア王国とエベリア帝国とは行禍原《イクマガハラ》を挟んで睨み合うばかりで戦闘は発生していない。休戦協定が結ばれているからだ。

しかし前線へと運ばれる軍事物資の量を鑑《かんが》みれば、軍部が現状維持を目的としていないことは明白である。

その動きを推進していると思われるのが開戦派の貴族たちだ。

アスリア王国の権力の中枢といえば王と四侯六伯《しこうろくはく》であるが、それ以外の貴族たちも派閥を作ることによって大きな発言力を有している。

ラウリは詳しく知るところではないが、勇者との悲恋で知られる第一王女エレオノーラを中心とした派閥が開戦派の最大であるとのことだ。

「開戦か……凪だね、それは」

眺めていた字が生き物のように動いた気がして、ラウリは幾度も瞬《まばた》きをした。

照明の火が揺らめいているようだ。凪はないから油が悪いのだろう。

様子を見たところ、単に燃料切れになりかけていた。消えぬうちにと油壷から継ぎ足す。途端に安定した火は、先ほどまでよりも強く広く部屋を照らし出した。

ラウリはマルコと馬賊の里のことを思った。

一人と百人が北へと旅立って幾日が経ったことか。

捕虜を逃がす偽装方法としては『怪我で領都への移送に耐えられない者ゆえ処分した』というのが名分で、『衛生的な理由から板張りにした荷車によって死体を運ぶ』というのが実行方法である。

マルコ一人はただ町から出ればいい。

捕虜たちが自らで選んだ百人は、それはもう見事としか表現のしようがない百人だった。

ラウリは彼らの在り様を思い出すと今でも何かしら胸を衝かれるものがある。

二百余人からの百人……つまり、それぞれが誰か一人を犠牲にしてその場に立っていた。仲間割れがあったわけではない。彼らが話し合いの結果に選んだ代表である。

誰かが誰かに何かを託し、一緒に在った運命をそれぞれに分岐させたのだ。

百人は早くも百人以上の何かに見えた。

ラウリはそれをさせたマルコを酷薄《こくはく》だとは思わない。もとより捕虜の全員を解放することなど不可能だからだ。

彼らの数はそのまま護衛団の戦果であり、領軍の把握するところである。

彼らを裁く権利は領主マティアス・ヘルレヴィ伯爵のものなのだ。馬賊討伐は領政の一環なのであって、護衛団はその枠内で戦ったに過ぎない。

残され移送された百余人の内、十人が公開処刑にされたと聞く。

見せしめであり、領主の威と領政の安定とを広く知らしめるための儀式だ。残る者は犯罪奴隷としての過酷を生きているだろう。

それが政治だ。人が人を管理し、人が人を運営することの本当だ。

しかしラウリは不思議をも感じるのだ。

マルコはむしろ百人を救ったとも言えるが、だからといって百人が命の恩を感じていたようにも思われない。一種異様な執着ばかりがあって、その内実は常識では理解しきれなかった。

あの恐るべき演説が思い出される。日常が破れて尋常の外の何某《なにがし》かが覗き見えたかのような、あの物凄まじい演説が。

百人は、その全員がベルトランの相似としてラウリの瞳に映ったのだ。

マルコを神と奉《ほう》ずるベルトランの在り様は、ラウリをして薄気味悪く感じさせるほどの忠誠心を表している。余りにも盲目的なのだ。

恐らく彼は全ての条理から解放されてしまっている……ラウリはそう分析し、それを怖く思う。

(あの人、マルコが女装しろって言ったら、笑顔で女装を極めそうだもんなあ)

百人がマルコに従っていた姿はどこかがそれに近い。奉じようとする熱狂があったのだ。

ベルトランほどではないにしろ、彼らもまた多くの条理から目を背けてマルコのみを見つめていたようにラウリは思う。

特に迷いのない目をしていたのがクスターという馬賊の頭領だ。

百人の内の一人としてそこにいた彼は、他の誰よりも熱狂的であった。両肩を射られ落馬させられたというのに、目を爛々《らんらん》とさせて、縄を解いたならばマルコに抱きつかんばかりであった。

マルコにとって彼ら馬賊は頼むべき手足になるだろう。

そしてその手足が振るわれるのは、次の戦乱をおいて他にない。

心中にそう断じたラウリは、灯明の燃える様を見つめ続けたためか、再び目を瞬《しばた》かせた。首も振り振りして椅子の上に居住まいを正す。

以前にマルコが暖炉の炎を見据えてじっと座っている様子を見かけたことがあったが、火を見るというのはこれで中々に才能がいることのように思えた。

（竜は空を飛び火を吹くものだ。鱗に捕まった者が見るのは、空の風景ばかりじゃないね）

ラウリはこの四年余りを思った。

彼は今、ハッキネン護衛団の事務方の長として、行商人をしていた頃とは比較にならない影響力を有している。領内で彼の手の及ばない場所はなく、彼が関われない物流もまた存在しない。武力を持ち街道を制する商人なのだから当たり前だ。

そしてその影響力をいや増すことこそが、ラウリがマルコから命じられた任務である。

護衛団の兵力を縮小させていく方針に変わりはないが、それでも各地の分所やそれに付随する既舎は依然として残るし、築き上げた信頼は増しこそすれ減ることはない。

販路を押さえるという意味では商家にも同等の影響力を有する者はいるが、ラウリにはラウリだけの販路があって、彼らを圧倒することができる。

辺境を含む中小の村々への販路である。

現在、白透練《はくとうねり》の流通は領内の末端までも及んでいて、しかも壺売りではなく量り売りの段階となっている。生活の必需品として広まりつつあるのだ。

それは等級別に分けて大量生産に踏み切った成果でもあるが、同時に、ラウリが行商人を多数雇って細かな販路を形成した成果でもある。

人体にたとえるのならば、町と町とをつなぐ販路は太い血管のようなものだ。多くを運び多くの利益をもたらす。

一方でラウリが私財をも投じて張り巡らせていったのは、肉体の端々へと広がる微細な血管群だ。一つ一つは微々たる利益しか生まないが、それらがなくては全体を生かすこともまたできない。

護衛団の人員を使う自由もあったため、今や村々ではハッキネン護衛団といえば傭兵というよりも商家の印象が強くなっているかもしれない。実際、ラウリの部下にはあのキコ村出身の事務員すらいるのだ。大樹の下の授業風景が今に繋がっている。

付け加えるのなら、クワンプの栽培と調理に関する情報を村々へ教授したこともラウリの影響力を増大させている。

マルコの許可を得て行ったことだ。ラウリとしては続く冷害に泣く村々を放っておけずに提案したことだったが、種や資料がすぐさま用意されたことからして、マルコもそのつもりで動いていたことがわかった。

更に、ラウリは白透練の製造方法についても開示の許可を与えられていた。

そうしろという意味ではなく、供給量の確保のためにはある程度秘密が漏洩《ろうえい》することも構わないという意味だ。安価での安定供給を重視するということだ。それもまたラウリの影響力を補強するだろう。

(生産と消費。つまるところは農村と軍だよね。私は火を吹いたりできないけど……それでも)

ぐっと身を引き締めて、ラウリは再び書類との戦いを開始した。

彼にしかできない仕事は実に多く煩雑だ。

大きく決めることとも激しく戦うこととも無縁だが、もしもこの羊皮紙の数枚もなくなったならば、それが起こす小さな波が大きく大きく育っていって、やがて巨大な破綻を招くだろう。経済とはそういうものである。

喉に渇きを覚えたその時に、控えめに扉を叩く音がした。

「遅くまで精が出るな」

入って来たのはダニエルである。共にこの領都にて護衛団本部の重責を担う間柄だ。その手には一本の果実酒と二つの杯が持たれていて、訪問者の意図を目に見える形にしている。

「終わるまでと待っていたのだが、ラウリのことだ、いつまでも終わらない気がしてきてな。いい酒が手に入ったのだよ。休憩がてら少し付き合わないか？」

そう言って微笑むダニエルの目にも疲れの色が隠せていない。

護衛団の転換期であるこのところは、お互いに激務に次ぐ激務で碌に休息などとれていなかった。相手の顔を見るたびに己の疲労を類推するような日々である。

だからこの誘いも己を慰労するばかりのものではない、とラウリはすぐにわかった。

相手が休まなければ自分も休めないのだ。そう気づけば苦笑いも浮いてくる。大の大人が二人して不器用なことだと思ったのだ。

「やあ、ありがたいお誘いですよ。丁度喉が渇いていたところです」

「それはよかった。場所はここでも構わないか？」

「散らかってますけどね。あ、何か肴になるものを見繕ってきますよ」

「ああ、それならばコレがある」

ダニエルが懐から取り出したのは小壺だ。

ラウリはそれを食堂の卓上の隅にて日々見かけている気がする。

「塩だ。我らには相応しいだろうと思ってな」

「道理ですね。私たちの主、今それを掘ってるかもしれませんし」

笑い声を重ねて、執務机とは別の小卓へ腰掛けるラウリとダニエルだった。

言外に互いの机上における奮闘努力を称え合い、酒杯を交わす。それは身中に沁《し》み渡るかのような美酒だった。

「あの……これ実はとんでもなく高価なお酒じゃないですか？」

「そうだろうと思う。何しろユリハルシラ侯爵家よりの贈答品だからな」

サラリと言われた内容に吹き出しかけ、口の内容物を思って辛うじて堪えきった。

ラウリはその家名を知っている。当たり前だ。この大陸で最も有名な家名の内の一つだった。

「ユ、ユリハルシラって……侯爵家でも筆頭格の大貴族じゃないですか！」

「ああ。馬賊討伐における活躍を祝す、ということらしい。そしてご子息にその勇を語り聞かせろというお達しも頂戴した。確かあそこの長男はマルコと同い歳じゃなかったかな？」

世間話のように言い、ダニエルは塩を一摘み取って手の甲に乗せた。それを舐め、充分に口中で味わってから、素っ気ない風に杯を舐めた。

優雅な舞踏会において百花の眼差しを集める色男が、かくも粗野な酒の飲み方もこなす。しかも酒の方は超一級品なのだから、ラウリとしては笑うしかない。

「行かれるのですか？」

「そうしようと思っている。ユリハルシラ家と言えば国軍にも影響力の強い軍事の家柄だし、現当主はかつての戦争において国軍元帥だった男だ。今は内治の人と聞くが、第一王女の派閥に属してもいる。これは得難い機会だと思うのだが……ラウリは賛成してくれるだろうか？」

真摯な問いだった。

その意味するところを全て了解して、ラウリは答えた。

「賛成します。是非にも行くべきでしょう。ユリハルシラ侯と誼《よし》みを結ぶことは、男爵の今後について大きな力になること疑いようもありません」

真心を込めて、ラウリは力強く頷いてみせた。それがハッキネン護衛団に決定的な変化をもたらすことを承知の上での回答だ。

「……頼めるだろうか？」

「勿論です。私一人ならともかく、オイヴァと軍曹もいます。大丈夫ですよ」

任せてください、とラウリは薄い胸を叩いてみせた。

一度王都へと去ったならば、ダニエルはもう二度と護衛団には戻らないだろう。戻ってしまうようでは、マルコからの任務を失敗したことになってしまう。

不安はあるが、わかっていたことだ。

ラウリは柄にもなく勢いをつけて美酒を呷《あお》った。舌を通り過ぎたものを音を立てて飲み干す。

機あらば尻込むべからず。もう戦いは始まっているのだ。不安に負けるわけにはいかない。

マルコの下に集った者たちは、マルコが去って戻るまでのこの何年かを、それぞれに勝利していかなければならない。

あの不思議をまとう主は自分たちの手を取って引いてくれるわけではないのだ。

各々の足で各々の全力を尽くさなければ、たちまちのうちに置き去られてしまうだろう。見捨てられてしまうだろう。

何しろ彼は人中の竜である。

竜と共に在ることを欲する者は、己の全開を発揮する責務があるのだ。

(私はもう、自分一人では見られなかったはずの風景を見ているけれど……でも、まだ、世界はマルコを知っていない。これからなんだ。この風景はまだ人の高みの風景であって、竜の風景はまだまだこの先にあるんだ)

ラウリは塩を舐めた。当たり前だが塩辛い。

酒も飲む。これがまたすこぶる美味い。

目の前には同じ主を戴く仲間がいて、周囲にはやってもやっても終わらないほどの仕事がある。

どういうわけか体に力が湧いてきた。

「いやあ、こういう酒もいいもんですね！」

「そうだな。またやろうとも」

書類仕事が倍増する未来にはちょっぴり目隠しをして、ラウリは喉を潤したのだった。

幕間話　あの子は優秀でしたね

「どうして、アスリア王国だと女は騎士になれないんでしょうか」

「ん？　弱いからじゃねえの？」

エルヴィの必死の質問に対して、その大男はあっさりと言ってのけた。

望んでいた内容でもなければ期待していた配慮もない回答に、眉を跳ね上げ拳を握り締めるも、長い吐息により衝動を放出することでもって堪えた。

「……確かに、私は弱いです。それはわかってます」

己の打ち身だらけの腕に手を添えて、言う。

護衛団の分所では竹束剣の稽古が日夜実施されていて、事務員であるエルヴィも許可を得て参加していた。この大男に意欲を買われてのことだが、しかし、参加するたびに何十回も打たれて終わるばかりだ。

井戸の周りでは同じく稽古を終えた団員たちが思い思いに寛《くつろ》ぎつつ、傷を水で冷やしたり、武術談義に花を咲かせたりしている。歴戦の男たちだ。

それに比べて己などは計算と石投げが得意というだけの小娘で、どんなにか竹束剣を振るってみても誰にも敵いやしない。誰に言われなくともそんなことはわかっている。

特にこの大男だ、とエルヴィは下唇を噛んだ。

ハッキネン護衛団第四部隊隊長オイヴァ・オタラ。

第一部隊と第二部隊が解散した今となっては、第三部隊のヤルッコ元軍曹と並び立つ団の実戦指揮官である。本人は鍛冶師を自称し、実際にその腕前は確かだが、最近は休日の趣味程度にしか槌を振るえていないという。

そして強い。団の最強というわけではないが、まず負けるということがない。

エルヴィが見てきた中で最も強かったのはアクセリ・アーネル中尉だが、その剣風は鋭く多彩で、対戦相手を翻弄することによって圧倒してしまうというものだった。そのアクセリがただ一人勝てなかった相手がオイヴァである。

動じないのだ。どんなにか打ち込まれても欠片の動揺もなく受けきってしまう。そしてゆっくりと攻めてくる。

対戦者は堪らない。初めは押していると思っていたものが、いつの間にか互角になり、やがて呑み込まれるかのように打ち倒されてしまうのだから。

アクセリは攻め続けることによって終始押したままに試合を終えたものだが、エルヴィにそんなことができるわけもなかった。気づけば圧倒されていた。息の切れた身に、笑みすら浮かべた大男の剣は巨大な巨大な何かに感じられたものだ。

何度挑戦しても変わらない。負けを実感した後にもらう一撃は骨身に沁《し》みる。

「ああ、弱いな。剣筋はいいんだけどなぁ……まあ、非力だし」

しかし言葉も痛いというのはどういうことだろう、とエルヴィは何かが悔しい。

率直なのだろうとは思う。的確でもあるのだろう。わかってはいるのだが。

「……それでも、私は駄目でも、非力を技術で補って戦える女性だっているじゃないですか」

「まあ、いるにはいるな。でもそいつが力持ちだったらもっと戦えるぜ？」

団で最も力持ちの人間にそう言われてしまっては反論もできない。

「そ、それは……ならば指揮能力では？　今、エベリア帝国には女性の騎士団長もいるとか。何も取っ組み合いをするばかりが騎士の力ではないはずです」

「帝国は前の戦いで優秀な軍人を大量に殺されてるからなぁ……人手不足から仕方なしにってことじゃねえのか？　貴族の女どもが社交気分で軍を扱い出したら堪らねえ、堪らねえよ。ホント」

オイヴァは何か嫌なものを払うかのように手を振った。

言われた内容について思うところよりも、過去にどんな目にあったのだろうと好奇心の湧いたエルヴィである。

さりとて目的はそんなどうでもいいことではない。

「じゃあ、どうしたら……どうしたら、女の身で功名を成せるのですか？」

「え……それを俺に聞くのか。俺、新聞に名前も載らんのだけど……いや、載りたいわけじゃないのだけど……そうだなぁ……誰か有名なやつと結婚するとか、そいつの子を産むとか？」

「功名の結果としての結婚ならともかく！　功名のために結婚するなんて！」

荒ぶる声に大男の身が仰け反った。

エルヴィはハッと口を押さえたが、何だ何だと周囲に男たちが集まってくる。

彼らの中には半裸どころか全裸に近い者もいて、女だからと特別扱いされないことに居心地のよさを覚える一方、汚らしいものをブラブラさせるなとも思うエルヴィだった。

「そういやあ、お前ってキコ村の出身だったっけか」

部下が集まって態勢を立て直したものか、大男が身を乗り出して話しかけてきた。

エルヴィは警戒する。さっきまでの素っ気ない態度と違うということは、何かしら攻めてくるということだ。

「聞きたいと思ってたんだ。なあ、マルコって村の娘らにゃ人気あったのか？」

そら来た、とエルヴィは思った。臨戦態勢をとる。

「……マルコくんは特別でした。私は彼よりも二歳年上ですけど、彼のことを自分たちと同じ村童だと思ったことは一度もありません。他の子もそうです。彼は皆のマルコくんであって、人気があるとかないとか、そういう話じゃないんです」

しっかりと考えて答えを口にしたが、どうやら大男はその内容がお気に召さなかったらしい。つまらなそうに首を振ると、とんでもないことを言い出した。

「違うな。あいつは慣れてるぜ。そういう目をしてっからな。こういうのはすぐにわかるもんなんだ。なぁ？」

周囲に同意を求め、頷きを幾つももらってから断言してきた。

「抱くのも殺すのも、どっちも相当のもんだぜ、あいつは」

最初は何を言っているかわからなかったが、意味が少しずつ解けていって、そしてエルヴィを激発させた。

「何てこと言うんです！　何てこと……マルコくんはそういうことしません！　殺すとかは、それは、あんなに強いんだしあるかもだけど……だ、抱くとか……そういうのはありません！」

大男はさっき以上に仰け反った末、大き過ぎる囁《ささや》き声で周囲に相談などを始めた。

その場をつくろうように「俺まずいこと言ったかな？」とか「殺す方はともかく、抱く方は村でだろうと思ってたんだがよ？」などと言いながら八の字眉毛でボソボソと助けを求めている。

その内容もエルヴィの怒りを誘ってならない。

「まあ、その、何だ……誤解だったみてぇだな。すまん」

鼻息も荒くその謝罪を聞く。

「ほら、あいつは色々と不思議だからな。これもそういうもんなのかもしれねえ。悪気はなかったんだよ。そう怒らないでくれよ」

大男は本当に困ったような顔をして頭を下げた。しかし口が動く。

「けどよ、何だな。やっぱり隅には置けねえ感じだったんだなぁ」

「……そりゃあ、マルコくんは、特別ですから」

「そうだな。あいつに惚れちまったんなら、お前さんも大変だ。うん。大変だよ」

危うく頷きかけたエルヴィである。

キッと睨みつけると、この素直なのだか無神経なのだかわからない大男の方がウンウンと頷いていて、反応に困る。

「そういうんじゃ、ありませんから」

「ま、めげずに精進するこった。筋は悪くねえんだから。あいつも元気にしてるって話だしよ」

さらりと重大なことが聞こえた。

「え、連絡があったんですか!? ど、どうやって!?」

「うおっ？ いや、そりゃ、連絡の一つや二つあって当たり前だろ。どうやってってのは、そりゃまあ、何だ……あいつ、ベルトランが……」

「ベルトラン？ それって、あの悪者みたいな男の人のことですか？」

「げ、うわやべぇ、そういやそうだった！ 今のなし今のなし！」

大男は大慌てで両手を振り振りとして、それの起こす風がエルヴィの髪をそよがせたほどである。

思わず追及を止めてしまったその隙に、大男は素早く身を翻《ひるがえ》した。

「だ、団とは関係ねえことだからな！ もう言わねえ、もう言わねえ」

何かコイツ苦手だ、と逃げ口上を呟《つぶや》いて分所の中へすごすごと消えていってしまった。

残されたエルヴィはしばし立ち尽くすも、小さく息を吐いて自らも建物へと入っていく。

彼女の本来の仕事はハッキネン護衛団の事務員である。

竹束剣での稽古という休憩時間を終えて、エルヴィは再び書類との格闘を開始した。

世の傭兵組織がどういうものかを詳しく知るわけもない彼女だが、それでもこのハッキネン護衛団の業務が一般的なそれと大きく異なることはわかる。

半ば公式の街道守護者であり、商家の看板を掲げていない商家だ。

領軍が護らない場所を護り、商家が手を伸ばさない場所にも手を差し伸べる存在だ。

ヘルレヴィ伯爵領が北辺にあって冷害に強い土地柄となったのは領政の成果ではない。一切の誇張なく護衛団の功績である。

だから、キコ村は平和と豊かさとを享受できるのだ。

一つの村だけが平和で豊かであり続けることなどできはしない。有形無形の財は目立てば狙われ奪われる。

己の飢えを悲しむ誰かが、子の飢えを悲しむ誰かが、孫の飢えを悲しむ誰かが……利益を共有しない誰かに対してその牙を剥く。

領法がそれを禁じたところで、確実に迫る死よりも試みる価値があると判断したならば、人は凶行に走るのだ。命を繋ぐために。生きるために。食《は》み憩《いこ》うために。

エルヴィはマルコの姿を思い浮かべた。それは少し前のもので、キコ村のあの大樹の下で受けた授業風景だ。

辺境の村に生まれた黒髪の天使が、神秘的な碧眼《へきがん》でもってエルヴィらに語りかけていた。

あれは夢のような時間だった。なぜなら夢を教えてくれたから。

彼は運命だった。なぜなら運命を切り開く力を与えてくれたから。

小さな村の中に閉じていた世界が、作物とともに一年で区切られてその先がなかった時間が、そのどちらもが広く大きく解放されていく授業だったのだ。

まだ見ぬ土地と明日とは自分に無縁のものではないのだ、自分の力で進んでいけるのだ……そう自信を持った少女が一人、今、こうして夢の先に生きている。

(でも、まだ途中なんだ……もっと、もっと何かができるはず……きっと)

そのためにも、まずは目の前の書類である。

エルヴィは得意の計算力を駆使し、戦う。

これで功名が成るわけでもあるまいが、任された仕事に全力を尽くすことは義務であり責任であり、何よりも喜びだ。夢は叶うまでの間もまた夢として楽しいのだから。

彼女の夢はたった一つ、英雄となるに違いない彼の、その側近くに立つことだ。

(今は絶対に眼中にないってわかってるけど、いつかきっと、必ず……!)

力が必要だった。

英雄の側に在ることを欲するならば、英雄に付き従い英雄の役に立つだけの力を持たなければならない。英雄の傍《かたわ》らには足手まといのための居場所などあってはならないのだ。

そう思えばこそ、エルヴィは形振り構わず様々なことに挑戦してきた。

商人の計算力と交渉力を求め、戦士の武力と体力を求め、そして今はもう一つの力として騎士にも憧れている。統率力とはいかなる威力を持つものだろうかと思う。

何ができるわけでもない自分なのだから、何もかもをやらなくてはならない。その無我夢中の日々は、たとえ僅かずつであれ、きっと己を彼の側へと近づかせてくれるだろう。

キコ村の歳若い女たちによるとある同盟、その中から一歩先んじた場にいることは確かなのだ。

彼の関わるこのハッキネン護衛団で仕事をできることは大きな前進である。

エルヴィは不敵な気分となって笑みを浮かべると、敵を蹂躙するが如き激しさを己の頭脳と右手とに宿して、帳面へ文字と数字とを書き付けていくのだった。

◆◆◆

夏の日差しも西へと傾いて、そこかしこに影が無音の伸長を続けている。虫の声もその質を変えつつある。明るい賑わいは不吉さを孕んで暗い何かへと移り変わろうとしている。

それは予兆だ。時代もまたそのようにして動いているのだと告げている。

しかし諸人はそれが見えず聞こえないから、向こう見ずな日々を暮らすより他に為す術もない。己の位置を知らないままに己の本分を尽くすよりない。人が思う以上に人を取り巻く世界は闇が濃いというのに。

それでも、そんな中にあっても、強く輝く者たちがいる。懸命に生きる者たちがいる。

国の東西を問わず、歳の老若も性の男女も区別なく……ここにも一人。

羊皮紙と墨とが事務仕事の香りをたてるその部屋で、エルヴィは戦い続けていた。

男たちが咆哮《ほうこう》を上げ血風の舞う戦場とはまるで異なるものの、ここもやはり戦場ではあった。希求する未来のために己を鼓舞して、今できる最大を全力で為しているのだ。

「……もう、邪魔！」

書類に時折交ざっている異物を、エルヴィはクズ籠に勢いよく放り込んだ。

そこには同じようなものが十も二十も捨てられている。

それらの内容を吟味したならば、あるいは彼女にとってもう一つの功名への道も見えたのかもしれない。よもやその道を選ぶことなどはあるまいが。

それらは全て恋文である。

市井の男からのものもあれば、同じ護衛団に所属する男からのものもある。中には貴族からのものまであった。男らの年齢もまた大きな幅があった。

今年で十四歳となるエルヴィは、事務仕事と武術稽古とでくたびれ果ててはいるものの、既にその美しさを町中に知られる身となっていたのだ。髪の二房も上手に結わいてある。

マルコが馬賊の里から帰還したのは、その一年後のことである。

天境山脈
東龍河
死灰砂漠
サルマント伯爵領
キコ村
ヘルレヴィ伯爵領
ペテリウス伯爵領
ロンカイネン侯爵領
マルヤランタ侯爵領
王都
ユリハルシラ侯爵領
アハマニエミ侯爵領
紫雲海
パルヴィラ伯爵領
カリサルミ伯爵領
塵夢森
エテラマキ伯爵領
聖杯島
アスリア王国

西龍河
幻魔森
アパリシオ伯爵領
カルリオン伯爵領
行禍原
イグナシオ伯爵領
ティヘリナ伯爵領
セルバンテス侯爵領
バランディン侯爵領
帝都
エスカランテ侯爵領
サンタマリア
侯爵領
ベラスケス伯爵領
デラクルス伯爵領
エベリア帝国

火刑戦旗を
揭げよ!

MFブックス

火刑戦旗を掲げよ! 1

発行　2015年3月31日　初版第一刷発行

著者　かすがまる
発行者　三坂泰二
編集長　金田一健
発行所　株式会社KADOKAWA
〒102-8177　東京都千代田区富士見2-13-3
0570-002-301（営業）
年末年始を除く平日10:00～18:00まで
編集　メディアファクトリー
0570-002-001（カスタマーサポートセンター）
年末年始を除く平日10:00～18:00まで
印刷・製本　株式会社廣済堂

ISBN 978-4-04-067488-9 C0093

Printed in JAPAN
http://www.kadokawa.co.jp/

企画　株式会社フロンティアワークス　メディアファクトリー
担当編集　辻 政英／下澤鮎美／佐藤 裕（株式会社フロンティアワークス）
ブックデザイン　Bee-Pee（鈴木佳成）
デザインフォーマット　ragtime
イラスト　あんべよしろう

本書は小説投稿サイト「小説家になろう」（http://syosetu.com/）初出の作品を加筆の上書籍化したものです。

ファンレター、作品のご感想をお待ちしています

宛先
〒102-0071　東京都千代田区富士見2-13-12
株式会社 KADOKAWA　MFブックス編集部気付
「かすがまる先生」係「あんべよしろう先生」係

二次元コードまたはURLご利用の上
本書に関するアンケートにご協力ください。

http://mfe.jp/rnq/

- スマートフォンにも対応しております（一部対応していない機種もございます）。
- お答えいただいた方全員に、作者が書き下ろした「こぼれ話」をプレゼント!
- サイトにアクセスする際や、登録・メール送信時にかかる通信費はご負担ください。

八男って、それはないでしょう！
コミカライズ決定！
ComicWalkerにて
春頃連載開始予定！
漫画
楠本弘樹
原作：Y.A
キャラクター原案：藤ちょこ
MFブックスコミカライズ作品
月刊コミックフラッパーにて大好評連載中！
無職転生～異世界行ったら本気だす～
コミックス1～2巻発売中
漫画：フジカワユカ
原作：理不尽な孫の手
キャラクター原案：シロタカ
盾の勇者の成り上がり
コミックス1～3巻発売中
漫画：藍屋球
原作：アネコユサギ
キャラクター原案：弥南せいら
ComicWalker
http://comic-walker.com/

ついに実父と決着
教会編
最終章!!
十五歳になったソラは!?
子爵領成立から八年、十五歳の青年となったソラに迫る爵位剥奪の時……。
ソラの代わりにクラインセルト領の跡継ぎに推されたのは、
出会ったこともない弟、サロン・クラインセルト。
そして、クラインセルト伯爵をそそのかし、陰で動く教主・レウル。
常軌を逸した知略を巡らせる彼の狙いは――クラインセルト領の乗っ取り!?
ソラが放つ起死回生の一手とは!?
父との因縁に決着をつけ、ライバル・教主レウルと雌雄を決する!
新章突入！ 領地改革ファンタジー待望の第五弾登場！！
詰みかけ転生領主の改革 5
ただいま
好評発売中！
著・氷純 イラスト・DOMO
定価・1200円（税別）
KADOKAWA
発行：株式会社KADOKAWA
MFブックス 毎月25日発売
HP●http://mfbooks.jp/
Twitter●@MFBooks_Edit
MEDIA FACTORY

新章開幕!
英雄として帰還した尚文たちだが
思わぬ弊害が……!?
「俺にはラフタリアの居場所を作る義務がある」
仇敵キョウとの決着をつけ、無事に元の世界へと帰還した尚文たち。
霊亀を倒したものの、来るべき波までの猶予期間は三ヶ月半!!
その最中、尚文はメルロマルクの女王に自らの領地を持ちたいと提案する。
表向きは、波に備えた私兵の育成が目的と説明する尚文。
しかし、真の目的は波によって壊されたラフタリアの故郷を再興させることだった……!!
新章開幕! 異世界リベンジファンタジー堂々の第十弾、ここに登場!
盾の勇者の成り上がり
10
ただいま
好評発売中!
著・アネコユサギ　イラスト・弥南せいら
定価・1200円(税別)
KADOKAWA
発行:株式会社KADOKAWA
MFブックス
MFブックス 毎月25日発売
HP●http://mfbooks.jp/
Twitter●@MFBooks_Edit
MEDIA FACTORY

WEB版ではなかった
空白の3年間が語られることに!?
書き下ろし
謎のヒロイン登場!!
少しだけ“彼女”に似た女の子がルーデウスの前に……!?

無職転生
異世界行ったら本気だす
待望の完全
7巻、今夏、発売予定!!
続報を待て!!